輝き

語り繋がれるいのち

松岡未世子
MATSUOKA Miyoko

幻冬舎 MC

輝き

語り繋がれるいのち

目次

第二章　成　長　笑顔と涙

第三章　希　望　大切なもの

第四章　自　立　出遇いと門出

第五章　慈　愛　離れていても

第六章　感謝　優しさに触れて

第七章　ご縁　言葉に託す想い

第八章　平和　命の願い

第九章 病 気 病を経て

第十章 日常 今日を生きる

はじめに

賜った「いのち」を大切に

私は、五歳年の離れた姉妹を持つお母さんです。

この年になっても、子どもたちの言葉に「そうだったねぇー」と思うこと日々多しですが、最近は私の方がいたわられています。今まで娘たちや孫たちにどれだけ心の安らぎを貰（もら）っていたことか、この子たちが居てくれたお陰で今の私があります。娘たちは、かつての私のようにそれぞれ二人の子どもを持つお母さんです。孫も上は大人から下は一〇歳まで四人います。なぜか皆、おばあちゃん（私）のことを、小さい時から「あーちゃん」と呼んでいます。

初めての子育て、分からないことばかりでした。この子どもたちの言葉や行動に、新米ママは、いつも感動したり、また反省したりと気づきの繰り返しの日々でした。その都度、ノートに綴っていたものがこの本の中の言葉です。いわば私が、子どもたちから教わったことばかりです。子どもはいつもお母さんに発信しています。そして全身でお母さんを頼って生きています。世のお母さん方も、日々体験されておられることでしょう。

日々の生活では、嬉しい時、悲しい時、いろいろなことが起こります。そんな時、私は子どもの眼を見つめて、誰もが心の底に持っている、素直な気持ちと優しさに向き合い、子どもの命の原点に返らせてもらって一緒に歩んできました。

最近は、テレビや新聞で、抵抗できない幼子に対して「虐待（ぎゃくたい）」という言葉を目にします。考えていきたい言葉であり深刻な問題です。少しだけ先輩のお母さんである私が、一つだけ言えることは、たとえ自分の子どもであっても、自分の子どもではないということです。子どもは人智を超えた真如（しんにょ）の世界からの賜りものです。大切に育てていくべき存在だということです。どの子どもさんも、無限の可能性を秘めて、輝き素晴らしい。そんな尊い命をもって、この世に誕生してくれています。私は、子どもたちから気づかされ、育てられつつ、そして少しずつお母さんになっていったような気がしています。

また、我が家は義父がフィリピンのルソン島で戦死した戦死者遺族です。したがって子どもたちにとって、おじいちゃんはいませんでした。乳飲み子を含め四人の子どもを育てた義母から、当時の苦労を聞き、そして戦地からの義父の手紙を一緒に読んで涙したこともありました。その義母もすでに亡くなりました。

　かつて、誘ってくださる方があって、旧満州、南京、カンボジア、ベトナム、インドネシアなど戦禍の跡を訪ねてきました。その中の一部、当時の感想文ですが、巻末に私の願いと一緒に載せました。有ること難き誕生した尊い生命を、人を殺す戦場に向かわせてはいけません。相手も自分と同じ、尊い生命をいただいているのです。「己が身にひきくらべて　殺してはならぬ。殺さしめてはならぬ」（法句経＝お釈迦さまのお言葉）。また、自分も殺されてはいけないとおっしゃっております。そして何よりも、私（あなた）自身が尊厳を持ち、この世に生まれてきた事実。誰にも代わることができない存在であり大切な「いのち」なのです。このような「いのち」を人の殺し合いの戦争で亡くすということが、どれほど理不尽なことかを、ご一緒に考えていけたらと思っています。義父の戦死を憶念し、昨今の世界の情勢を鑑み深く感じています。そして戦争のない非戦平和の世の中を、お互いに構築していくことができたら幸いです。

二〇二一年　八月一五日

（智華・孫7歳）

第一章　新生

素直な心

遇（あ）えてよかったね

あや子ちゃんが　生まれた時
お父さんと　お母さんは
自分たちの子　だと思っていました
でも　それは大きな間違いでした
あなたは
真如の世界からの賜りもの
母さんの意志で
あなたが　生まれてきたのでもありません
あなたが
お母さんに頼んだのでもありません
生まれてきたら　あなたでした

あなたが自分を意識した時
すでに　この世に生まれてきていました
あなたは
お父さんとお母さんを御縁として
この世に生まれてきたのです
とても　嬉しいご縁をいただきました

遇い難くして　あなたと遇いました
遇えてよかったね

（長女誕生）

長女の入院

生まれて　四五日目
ミルクが
合わなかったのかもしれません
下痢
嘔吐
黒便
総合病院に入院

毎日　五本の注射
「診察室に来てください」
看護師さんの声
とても　辛かった

「お母さん　しっかり足を
押さえていてください」
両方の足に　大きな注射
みるみる膨れ上がる　太腿
痛さに　声をからして泣き
頭を持ち上げようとする　あなた
お母さんの目に　涙が出てくる
押さえている手に
だんだん　力が抜けてくる
「お母さんではダメ
看護師さん　代わりなさい」

お母さんも一緒に
下痢が続いた

人間に生まれる

人間に生まれるということは
高い　高い　空の上から
糸を垂らし
地上の針の穴に
それを通すという
それほどに　難しいことだと
聞かせていただきました
そのような
尊い　命を賜りました
賜った命を
大切に

有ること難きご縁を
大切に
生きていこう

あなたは今　二歳三か月

今日は
あーちゃんと一緒に
庭の草引き
「あーちゃん
ぼくも　カチカチがいる」
「ぼくも　手袋がいる」
「ぼくも　帽子がいる」
あーちゃんのものを
次々と　取っていく

ちいさなミミズ

ちいさな毛虫
「あーちゃん　可愛いね」

可愛い反抗期

翔君も
時々　いたずらをします
「ママに　ごめんなさいは……」
「あーちゃん　ごめんなさい」
「あーちゃんではないでしょう
ママでしょう」
「ママのおひざに　ごめんなさい」
「ママのスカートに　ごめんなさい」
「テーブルさん　ごめんなさい」
「くまさん　アヒルさん　ごめんなさい」
最後に　ちょっとしおらしく

「ママ　ごめんなさいね」

少しずつ
反抗期に差しかかった翔君
でも　まだまだ
素直な　素直な
翔君です

ののさま

「あーちゃん　ののさまに行こう」
一日に
二〜三回はつき合わされる
「翔君　ののさまにゆこう」
だったのに
いつの間にか
翔君に
あーちゃんが　誘われている

頂いたお菓子
ののさまに　お供えしようね

それから　来るたびに
自分のおやつの中から
アメやお菓子を
お供えする
翔君

※ののさま＝ほとけさま。この場合は総じてご仏壇を指す。

そっくり　そのまま

今日は
パパとママと　翔（しょう）君と
ドライブです
信号機で車が止まりました
「ママちょっとまっててね
ご用がすんだら
すぐ帰ってくるからね」
ドアを開けようとする
翔君
あわてて止める　ママ

いつも
あーちゃんが
ママに言う言葉
そっくり
そのまま
取られてしまいました

孫よ！　健やかに（初孫）

今日は朝から
とてもよいお天気
ママはお洗濯
高い竿（さお）に
次々と干（ほ）していく
空になったカゴに
素早く入り
「ママ　僕も干してぇー」
翔君の
気持ちが

分かるような気がする

ママの大きなお腹に
おもちゃをくっつけ
「ママ　早く赤ちゃんを産んでね」
赤ちゃんに
僕のおもちゃを
貸してあげる
「ママ　お相撲さんの
お腹の中にも
赤ちゃんが入っているねぇ」
何ともユニークで
素直な一直線の眼である

その孫も、今は弟もできて
小学二年生
「あーちゃん
蓮（弟）悪いことばかりする
押し入れに入れちゃってぇー」
とのたまう
ウムム、ワスレテハイナイゾ
自分も入れられた経験者だ
時には弟の面倒もみている
腕白結構
心の底に優しさを持てる
人間になってくれれば

僕たちよ
遇えてよかったね

第二章　成長

笑顔と涙

おじいちゃんのお膝（ひざ）

おばあちゃんの所に行くと
「やあ　きたかね」
おばあちゃんの　口癖（くちぐせ）
おじいちゃんは
いつも同じ所に座っている
「よう　きたのぉ
はい　おじいちゃんの所においで」
おじいちゃんの口癖
おじいちゃんのお膝に
いつも抱かれていた　あなた
あなたを可愛がってくださった

おじいちゃんも
おばあちゃんも
もういません

お母さんを　あなたを
この世に　生まれさせてくださった
方々です

家族旅行

あや子ちゃんが　三歳のとき
家族で
一泊旅行をしました
湯布院の宿の
温泉風呂
ゆったりした　お風呂に
あなたは　大満足
お湯も超すほどに
あふれている

テレビまんがの
りかちゃんの歌を

大きな声で
「りかちゃんトリオー
りかちゃんトリオー」
何度もくり返し
口づさむ
あなた
あの時の　大はしゃぎの
あなたの笑顔

お父さんも
お母さんも
いつまでも
いつまでも
忘れられない

ママ　いたいよぉー

あや子ちゃんの
姿が見えた
一年生になったばかり
あや子ちゃん
新しい制服に　ランドセル
いつもの　ニコニコ顔と
ちょっと違う
どうしたのだろう
「あや子ちゃん　お帰りなさい」
「ママ　いたいよぉー　いたいよぉー」
ママの　顔を見たとたん

大きな声で　泣き出した
お膝に
大きな　ころび傷

一生懸命に
我慢(がまん)をしていた
あや子ちゃん

ほっぺの涙

ママは
おこたの上に
書き置きをしました
「あや子ちゃん
ママは　ちょっとおでかけします
つぎのバスで　すぐかえってくるので
すこしのあいだ
まっててね」
ママは　急いで帰ってきました
おこたにすがって寝てた

あや子ちゃん
ほっぺに　涙のあとが残っていた
「ママ　はやく　かえってね」
鉛筆を持ったまま
紙の上に
ポトリと
涙が落ちていた

ゆかさんの家出

字が書けるようになると
ゆかさんは　よくお母さんに
手紙を書いた

おかあさん
ゆかは　いまからいえでをします
ひろちゃんの　おうちにいきます
さがさないでください

吹き出してしまいそうな
紙きれを置いて

正誤表

＊p40——３行目

１年生になったばかり——

１年生になったばかり(の)

＊p133——３行目

懺悔(ざんげ)——懺悔(さんげ)

＊P136——３行目

屍(しかばね)——　屍(かばね)

＊p159——４行目

知覧特高平和祈念館

——知覧特(攻)平和祈念館

＊P179——4行目

２メートル——２０メートル

遊びに行っていた
むじゃきな　むじゃきな　純粋さ
成長と共に
だんだんと
薄れていく
これも成長

（次女・就学前）

休日

近くの動物園に
ぜんぶ
行きました

近くの遊園地に
ぜんぶ
行きました

あなたの
喜ぶ顔が
見たくって……

第三章

希望

大切なもの

小鳥

ゆかさんは　小鳥が好きだったね
小鳥が死ぬと
ゆかさんも一緒に泣いた
庭のすみに　うめてあげ
その周りに　ちいさな石をおき
真っ白いマーガレットの花を
たくさん　たくさん
本当にたくさん
飾っていた

お母さんに

ねだったお菓子も供えてあった
「お母さん　いっしょにおがもう」
そう言って
お母さんの手を　ひっぱっていった
二人で　手を合わせたね

かわいそうだった
かわいそうだった
小鳥さん

いじっぱり

いつも優しい
お母さんではない
いつも素直な
ゆかさんではない
時には意見のくい違い
互いに自分を主張して
ゆずらない

「ごめんなさい」
「すみません」
たった　何文字かの

この言葉
なかなか　口に出ない
私がある

夜空

ゆかさんは
夜空を
眺めるのが好き

四季それぞれの星空
「おかあさん
お星さまが　とてもきれいよ
一緒に見よう」
二階の窓から
秋の夜長　前の道から
二人で眺めたね

宝石箱のように
キラキラ輝く　天の川
梯子(はしご)をかけて
一つだけ取りたいと

敬老の日の作文

ゆかさんは
おばあちゃんがとても好きだった
その気持ちを小学三年生の時作文に書いた

お年寄りは　いろいろな経験をして
私の知らないことを教えてくれる
戦争のことも
私の知らないおじいちゃんのことも……
つかれたときの
おばあちゃんを見ると
なんだかかわいそうで　たまらなくなります

時々みんなに内緒で
仏さまに
おばあちゃんが長生きするようにと
おがんでいます

幼い時の
ゆかさんの　いろいろな言葉が
今　お母さんの心に響いてきます

よろこび

今日は　水泳教室
額に汗をながし　帰ってくるなり
「お母さん　ゆか　きょう
先生にだっこしてもらったのよ」
嬉しそうに言った
「そう　どうして」
「ゆか　きょう　クロールで
初めて二五メートル泳げたのよ」
「ウァー　すごい」
「後もうすこしのとき
ゆかちゃんガンバレ　ゆかちゃんガンバレって
先生の声が聞こえてきたの

すごくきつかったけど　頑張ったの
そしたら初めてゴールできたのよ
その時　先生が
ゆかちゃんよくやった　よくやったって
私を抱っこして　高く上げてくれたのよ」
「そう　ゆか頑張ったんだぁ」
「うん」

その時
お母さんは思った
ゆかさんが　生まれて初めて
自分の力で
一生懸命に成しとげた
よろこびを感じたのだと……

はつかねずみ

「お母さん　これ飼（か）って」
ふっと差し出した手をみると
お腹（なか）の周りを布でくるんだ
はつかねずみ
「うわぁ　それ　どうしたの」
「ゆか　つかまえたの」
ゆかさんに捕らえられる　はつかねずみも
いたもんだ　変に感心しながら
これは　困ったなと思いながらも
よくよく見ると
愛くるしい目

耳も
しっぽも可愛い
ゆかさんが　傍（そば）に置きたい気持ちが分かる
「ネズミさんは　ゆかの大切なものを
かじるのよ
かごに入れたらかわいそうでしょう
捕まえた所で　放してあげなさい」
とっさに苦しい受け答えをした
かごの中の
小鳥のことを聞かれたら
返事のできなかった　お母さん

それぞれが
その分を生きているのに

同じ命なのに
こっちの都合で差別を
している
わたくし中心の
勝手なお母さん

小鳥さんも
大空の下が
一番居心地のよい
住家でしょうに
ゴメンナサイ

第四章　自立

出遇いと門出

思春期

この頃
ゆかさんの中に
ほのかな恋心が
芽生えました
時々かかってくる電話
お母さんを横目に
それでも楽しそうに
話している
「お母さん　明日卓也君と
公園に遊びに行ってもいい」
素直に聞いてくる　ゆかさん

お母さんもそんな時がありました
話してくれる　ゆかさんを
嬉しく思いました

でも　いつの日か
気がついてみると
他に　心が向いていた

人を好きになる心
素晴らしいことだと思う
少しずつ　成長していく
ゆかさん

悩むということ

この時期
ゆかさんは友達関係に悩みました
部屋から出てこない　ゆかさんを心配して
部屋の戸を開けました

布団の中で
声をあげて泣いているゆかさん
「どうしたの」
「もう　明日から学校に行かない」
「どうして……」
はっきり応えてくれなかった
ゆかさんは　感受性の強い子

自分の中に
全部もち耐えられなかったのでしょう
でも
明くる日　また
何も言わずに学校に行った
ほっとして　お母さんは見送った

ゆかさん
辛かったでしょう
でも　悩むということは
自分を　向上させます
人の気持ちを分かろうとする自分に
いつか出遇います

（中学生）

命のはかなさ

高校も最後の年
梅雨のある日
学校から帰ってくるなり
お母さんの顔を見て
顔をゆがめて
部屋に入って泣いた
「ゆかさん　どうしたの……」
その時
お母さんに話してくれたね

雨の降る農道を

自転車に乗って帰っていた
その時
よちよち歩きの子犬が
道の真ん中を歩いていた
「ワンコちゃん
そこを歩いていたら危ないよ」
そう思いながら
レインコートを着て
自転車を漕ぎながら　片手に傘
ちょっと
躊躇（ちゅうちょ）する自分もあった

その時　車が来て
あっという間に

ワンコちゃんは
轢（ひ）かれてしまった
苦しそうに
まだ
ピクピク動いている
そこにいたら　また轢かれるよ
そう思った
でも
ショックで　体が動かない
その時
そこを通られたおばさんが
抱えて道の横に連れていかれた
私があの時
すぐ自転車から降りて

横に連れて行ってあげていたら
こんなことにはならなかった
おばさんが通られるまで
私は　何もできなかった
私のせいで
ワンコちゃんは死んだのよ
ゆかさんはそう言って
自分を責めた

でも誰も　一分先　一秒先は分からない
みんな　縁によって
いろいろなことが　起こってくる
自分を責めないでいいと思う
それより

ゆかさんが　ずっと後になって
お母さんに　語ってくれた言葉
「あの時
命って　はかないものなのだなぁ
私の命も　そうなんだなぁ……って感じた」

子犬の死を通して
ゆかさんと
お母さんに
命について　考えさせてくださった
有り難いご縁だったと思います

ブルーのリボン

ゆかさんは
生まれながらの癖毛
高校の入学式当日
先生から注意をされた
傷ついた　ゆかさん
ストレートの髪がうらやましいと
いつも言っていた
背中まである髪を　ポニーテール
ブルーのリボンが揺れていた

先生

ゆかさんは
高校時代
素敵な先生に出会った
テレビドラマの　金八先生のように
生徒と一緒に　悩み苦しみ
共に歩んでいく
そのような先生になりたいと
いつか
聞かせていただいた気がします

卒業式のお言葉
「昨年の四月　始業式の日には

奇麗なお花をつけた鉢植えだった
しばらくして
根っこしかない鉢に
まいにち　まいにち
水やりをする生徒がいた
そのうち
芽が出て　葉っぱが出てきた
小さな命を大切にできる人
人の心を思いやることのできる人
そして
優しさの持てる人間になってください」

ゆかさん
素敵な先生に出会って
よかったね

大学受験

面接日
「最近　あなたが一番嬉しかったことは」
「試験を受けに来る前に
お友達が頑張ってくるようにと
ハンカチに寄せ書きをして
渡してくれたことです」
「最近　あなたが心に思うことは」
「少し前のことですが中国の天安門事件です」
「この学校を受けた理由は」
「小さい時から日曜学校に通い　本願寺の
青少年海外研修団で　ハワイに行きました

私にとって　今　二年間
仏さまの教えを聞かせていただくのも
無駄にはならないと思いました」
そのように答えたと
お母さんに話してくれましたね

合格発表

ゆかさん　おめでとう
家族みんなが　喜びました
とても嬉しく思いました
その時
ゆかさんが　ふっと漏らした言葉
「私は　今こんなに喜んでいる
ということは　誰かが一人悲しんでいることよ
私は在家の娘だけど
もしお寺さんの跡継ぎの人が私の代わりに
不合格になっていたら
私は申し訳ないような気がする」

お母さんは　その時
ゆかさんにしか心が向いていなかった
ゆかさんの言葉に気づかされました

自分一人ではなく
他を思いやる　ゆかさん
誰もが忘れてはいけない心でした
いつまでも　いつまでも
その心を忘れないでね

旅立ち

三月の下旬
ゆかさんは
新幹線で京都に発った
高校三年の時の担任　N先生
仲よし組のお友達に見送られて……
先生からは　ウサギのぬいぐるみを
いただいたね

春爛漫(らんまん)　桜も満開
校庭は
新入生や　ご両親でいっぱい

お兄さんやお姉さんの案内役
学長さまはじめ諸先生方のお言葉
コーラス部の仏教賛歌
宗教的な雰囲気の中で
厳かにおこなわれました

ゆかさん
本当におめでとう
今日から龍大生ですね
あなたが望んだ大学です
校門の前で
記念写真を撮りました
この日のために選んだ
若草色のスーツ姿

ゆかさんの
お部屋はワンルームマンション
外見はちょっと素敵な洋館建て
ベッドにタンス　テレビに鏡台
ウサギのぬいぐるみはテレビの上に置きました
鉢植えの　アジアンタムの緑も添えました
初めての一人生活
お母さんはとても心配です
でも　ゆかさんは
仏さまのお話を聞きに来たのです
ゆかさんの一生を通して
きっと　きっと
支えになってくださいます

少しの間の別れ　寂しいけれど
お母さんにとっては
嬉しい別れです
喜びの別れです

体に気をつけて
学業に励んでください

一枚の紙きれ

「お母さん　こんなものがあったよ」
ゆかさんが大学に行った後
お父さんがゴミ焼き場から
一枚の紙きれを持って来た
中学校時代の図工の感想文だった
いらないから整理をしてと
ゆかさんが残していった
ノートの一ページだった

私は如来(にょらい)も菩薩(ぼさつ)も
みんな心に残りました……

こんないいものをつくったその時代に
私は行ってみたい……
私も仏像を少しでも彫ってみたい……

今　仏教を学んでいる
ゆかさんの気持ちが分かるような気がする
京都に発ったゆかさんを想いながら
二人で話した

第五章　慈愛

離れていても

願心

ゆかさんの歴史は
お母さんの　歴史でもありました
ゆかさんは　お母さんに
いろいろなことを
気づかせ
教えてくれました
お母さんが　忘れていた
優しい心
思いやり
無心な　ゆかさんの中に
見つけました

「私は人種差別をする人や
人間性を否定する人
いくら自分が努力しても
どうしようもならないことを
とやかく言う人とは結婚しない」
そう言った　ゆかさん
如来の願心に
生きていってください

押し花電報

「電報です」
一瞬なんだろうと思った
今日は　「母の日」
あや子ちゃんがくれた　押し花電報

おばあちゃんが言った
「何よりの　贈り物だったね」
遠くに　遠くに　居ても
お母さんのことを
思ってくれていた　あなた
「ゆかまで家を出たら

お父さんとお母さん二人になってしまう
ゆかは　家から通える大学に
行ってほしかった」
その言葉　ゆかさんから聞きました
ゆかさんには　ゆかさんの人生があります
でも　お姉ちゃんの心の底にながれる
優しい気持ち
有り難いと思いました

お母さんの
子離れの時期のようです

コロちゃん

「お母さん　今から帰るよ
可愛いワンコちゃんを連れて帰るから」
「そのワンコちゃん　どうしたの……」
「デパートの動物の所で売っていたのよ」
「洋服は買ったの……」
「うーうん　ワンコちゃん買ったから
もうお金がない」
五月五日　子どもの日
我が家に　片手に乗るほどの
ちいさな　ちいさな
柴犬の雑種

コロちゃんがやってきました

あれから四年後
京都から　ゆかさんの電話
「コロちゃんは
いくら　可愛がっても
電話にも出てくれないし
私に　手紙も書いてくれない
コロちゃん元気にしてる……」

「ゆかさん
みんな　みんな　命は尊いけれど
こうして言葉によって
意思が通じ合える人間に

生まれさせていただいたことを
有り難く喜ばせていただこうね」
ゆかさんの言葉によって
改めて
お母さんも思いました

ご縁の中に生かされる

一二月一日
来春　大学生活を送る
ゆかさんの準備のため
二人で京都を訪れました

受験以来
二度目の深草駅
階段を上がっていると
ふっと
ゆかさんが　つぶやいた
「お姉ちゃんは　今何をしているだろうね」
ゆかさんの声を　後ろに聞きながら

お母さんは
思わず
涙が溢れそうになった
ごめんなさい
ゆかさん
二人しかいない
姉妹なのに
お母さんのために
ゆかさんに
寂しい思いをさせてしまって
ゆかさんは
口にはあまり出さなかったけど
ゆかさんの心を
どれだけ痛めていたかと思うと
お母さんは

詫びたい気持ちで一杯でした
その頃　お姉ちゃんは
ある問題に悩み
お母さんを押しきって
家を出ていました

その夜
宿で
お姉ちゃんの夢を見ました
「お母さん　ごめんね　私お家に帰る」
朝　二人で
「ほんとだといいね」
そう話したね
我が家に帰った　明くる日
お姉ちゃんから電話があった

家族の思いは
お姉ちゃんにも通じていました

結婚式の前夜
「お父さん　お母さん
こんなに迷惑をかけた　私なのに
結婚式まで挙げさせてもらって
本当に有り難うございます」
涙を　ぽろぽろながしながら
お姉ちゃんは言った

若さって　素晴らしいな
あんなに勇気が出る
自分に正直に
一途に　生きられる

でも人間は　一人では生きられない
目に見えない
大きなお蔭(かげ)をいただき
大勢の方々の
ご縁をいただいて
生かされている

それを感じる時
自分も大勢の方々と
関わりあっている　ということ
そのことを
忘れないでいようね

五月病

「お母さん　私胃が悪い
吐きそうなの
私クラブをやめたい」
京都から再々かかってくる電話
ただ　胃が悪いのではなく
ゆかさんには
何か悩みがあるなと思った

クラブに入るのは　入学前からの希望
日曜学校のお手伝いでもできればと
お母さんも思っていた

入学前から　お誘いを受けていた
どちらかといえば
人に一歩譲(ゆず)るゆかさんなのに
「大丈夫　ゆかさんやっていける……」
お母さんは心配した

「やめるのはもう少し待ってみよう
コンパであまりお酒を飲まないように
夜更かしをしないようにしなさい
大学に学生の悩みを聞いてくれる所があるでしょう
どうしてもと言うのだったら
そこに行って相談をしてからにしなさい」
数日経って
「お母さん

私カウンセリングに行ってみた
どうして先生はあんなに
私の気持ちが分かるのだろう
先生も
もう少し待ってみなさいとおっしゃった」
ゆかさんの　明るい声を聞いて
お母さんも安心しました
今までと環境が違い
人間関係に
悩んでいた　ゆかさん

お母さんが心配するほど
クラブに熱中する　ゆかさん
先輩後輩の礼儀を教わりました

部員の中で　お育てをいただいている
ゆかさんを感じました
電話の向こうで
「はい分かりました　それでは失礼します」
思わず口から出る　ゆかさんの言葉
お母さんも　思わず苦笑してしまいました

（大学生活が楽しかったのでしょう。ゆかさんは四年制に編入しました）

孫とおばあちゃん

畑仕事をする
おばあちゃんの傍（そば）で
長靴はいて
シャベルを持って
お気に入りの　帽子をかぶり
いつも　遊んでいた

あれから二〇年
今　病床の祖母に
「早く元気になって……」
願いを込めて

はるか京都より
便りを書く
孫娘

卒業式

今日は　大学の卒業式
ゆかさん　おめでとう

矢絣（やがすり）に　緋（ひ）の袴（はかま）
ゆかさんの　憧れていた姿でした
嬉しさで
胸が　一杯だったことでしょう
夜は　ホテルで謝恩会
薄紫のお洋服
ちょっと短めのスカート丈
先生と一緒に

お友達と一緒に
写真に納まる　ゆかさん
先生のご恩を忘れないで
お友達の優しさ　有り難さ　忘れないで
クラブの楽しかったこと　辛かったこと
たくさん　たくさんの
思い出忘れないで

そして
未来に向かって
今を生きる
ゆかさんであってください

お母さん

振り返ってみると
お母さんを
お母さんでいさせてくれたのは
お姉ちゃんと　ゆかさん
いつも　あなたたちを
自分の思いの中に　入れようとする
傲慢（ごうまん）なお母さん
お母さんになれない　お母さん
それでも
「お母さん」と呼んでくれる
怒っているとき

優しい時
どんな時にも
「お母さん」と呼んでくれていた
お母さんにさせてもらって
ありがとう

母の愛

大きなお腹をして五月の連休に帰省した娘。夫と一緒に挨拶に来た。

「貴女も、もうすぐお母さんね」

「お産がすんだら、今度はお母さんお願いね」、と私に言って、さっさと夫の実家に帰っていった。娘の小さい頃を思い出し感慨深い。「正昭さん（夫）も、もう京都に帰っていって、あちらで寂しくないのかしら。折り合いいいね」

と、娘を案じ夫と時々話す。とうとうお産の日まであちらに居た。

六月半ば、眼のくりくりした女の子の誕生に両家みんなが大喜び。退院し、我が家に帰った娘の傍（そば）に寝る私。早朝うつろな眠りの中に、赤子（あかご）に語りかける娘の声が、私の耳に心地よく聞こえる。

「あら、目がさめたの。大きなお目めねぇ。あら、可愛い。おしっこ出たの」

立て続けのおしめ替えも楽しそう。可愛い、可愛いを連発。新米ママさんは寝る間も惜しまず、我が子のすべてを受け入れている。

ある時、ふっと漏らした娘の言葉。

「向こうの家でこの子が生まれるのを一緒に待ってお産をしたかったの。本当は跡取りの男の子がほしかったかもしれないけど、可愛がって貰いたかったの」

寺に嫁いだ娘の思いに、ああ、お腹に子どもがいる時からすっかりお母さんなのだ、と母の愛を感じた。どちらが生まれても、有ること難きご縁。一つの「いのち」の誕生が、周りの者皆の命を輝かせる。

智華、よくぞ孫として生まれて来てくれたね。あなたのお父さんが「如来さまの智慧をいただき、沼に咲く蓮華のように清く生きよ」と願い、名前をつけてくださった。

時々京都から、携帯で孫の写真を送ってくる。初めてのお座りに感動したり、おしゃまな肘枕の姿に苦笑したりして、夫と二人で喜んでいる。智華の人生に幸多かれと念願す。

第六章　感謝

優しさに触れて

米寿に乾杯

「オカァーサーン、オカァーサーン」

突然、私を呼ぶか細い、異常を訴える声がした。救急車で運ばれてから七年。義母は心臓の持病を抱え、病院とリハビリ、そして我が家を行き来する日々だ。

その間、骨折をし、肺炎を患い、オムツの生活もした。しかし、気丈な義母は「こんなことで私は寝たきりにはなりたくない」と見事に立ち直った。今年の初めごろから再び病院のベッドでの生活。気持ちはしっかり、いたって元気。でも、時々、昨日のことが今日になっている。

義母との付き合いは今年で三四年になる。

今思うと、育ちも年齢も違う嫁と姑。考え方が違って当たり前。しかし、世間を知らずに嫁いできた私に、大人としての付き合い方を教えてくれた。

女の気持ち
毎日新聞
1999.10.14

私がお盆で二泊外泊した時や風邪を引いてしまった時、私の代わり夜中、義母の面倒を見てくれたのは二女だった。向かい合って祖母の手を取りトイレに連れて行ったという。戦争で夫を失い、四人の子どもを育て上げた義母。この年になって、義母の偉大さを知る。義父の五〇年の法要の時は、ルソン島から送られてきた義父のハガキを見て共に泣いてしまった。その直筆をコピーし、平和の続くことを念じながら、父を知らぬ末娘や、兄、姉に差し上げた。

今年は米寿。「お義母さん、この秋は遠くの子どもさんたちも全員呼ぶからね。楽しみにしていてね」

父への誓い

「父は僕たち子どもに大きなものを残してくれました。それは戦死したことです。父は身をもって戦争の悲惨(ひさん)さを僕たちに教えてくれました。今、父にしてあげられること、それは父の真の願い、平和を願うことを受け取ることであると思います」。

義父の五〇回忌法要での夫の挨拶である。おぼろげしか思い出せない父への誓いでもあった。

ルソン島で負傷とマラリアで戦死した義父。戦地から軍事郵便を出し四人の子どもに父親としての言葉を送り続けた。

八月一五日、お盆は、日本が敗戦を認め無条件降伏した日である。天皇がポツダム宣言を受け入れ、敗戦を自らの肉声で国民に向けて、宣言した。いわゆる玉音(ぎょくおん)放送である。非戦平和を心から念じている。

はがき随筆
毎日新聞
2007.8.19

※ポツダム宣言。一九四五年ドイツのポツダムで、アメリカ、イギリス、中国の三国首脳が、世界大戦の終結を話し合った。日本にとっては無条件降伏を勧告するものであった。日本がその条件についていったんは黙殺した。これを拒否と受け取ったアメリカは、広島（六日）と長崎（九日）に原子爆弾を落とした。

初盆

女の気持ち
毎日新聞
2019.8.16

幾度となく寒い冬を越し、病院の美しく咲くバラの小道を、車椅子(いす)の夫と共に散歩をした。でも、私の長い病院通いも、今年の初夏に終わった。

難病のパーキンソン病。進行すると身動きも一人では出来なかった。でも、一切愚痴(ぐち)も言わず、病室に入る私の顔を見ると、安心したように日々過ごしていた。かえって私を気遣い「ご飯食べてきて」、とか「気をつけて帰って」と言って病床から手をわずかに振ってくれていた。

病気が進行して何年か経った時、ただ一度ぽつんと、「家に帰ろう」と初めて言った。私は思わず横を向き、その顔に涙がポロポロとながれた。優しかった夫は、今はいない。

戦死者遺児として生きてきた夫。子どもの頃から苦労も多かったことだろう。でも、そんなことは家族には少しも言わず、いつも優しく接してくれていた。看護師に促されて最後の言葉を言った。「大丈夫、貴方のお母さんや戦死されたお父さんのいらっしゃるところに行くの。私も必ずあなたの傍に行くからね。安心して」と。そして、私の最初で最後の言葉、「貴方と過ごせてよかった。大好きよ」と。夫の両眼からわずかに涙が滲んだ。子や孫たちも「頑張ってくれたね。ありがとう」と声をかけた。

今年は初盆。戦争の体験者も、また遺児たちも少なくなっている中で敗戦の日を迎え、皆で非戦平和を考える日でもある。夫をしのびながら平和を願うお盆となっている。

お導師デビュー

女の
気持ち
毎日新聞
2020.1.9

ここ数年、暮れからお正月にかけてビジネスホテルに泊まり、夫が入院していた病院に通っていた。普段は二人の娘が交代で車で連れて行ってくれたが、せめてお正月くらい、家で家族団らんをという私の思いでもあった。

夫が逝って今年は初正月。久しぶりに家に居るお正月。質素ではあるが暮れから煮しめやカブの酢の物、オードブルなどを作った。二日の夕方、娘たちがお料理を持って集まってきた。

まず、暮れに納骨した夫の遺影を掲げてもらった。三六歳の時、ルソン島で戦死された義父、八八歳の義母。写真では孫ほどの年齢の差である。その隣に掲げた。

そして初正月のお勤め。お父さんの浄土真宗僧侶に促されて、小学三年の孫のお導師。照れくさそうにしていたがご仏壇の前に座った。お父さんがそっと一言語りかけた。多分「ここでリンを打つ」だったかも。お導師が一節読経した後、私たちは後ろで唱和する。途中、一か所音が少し下がったが、大した失敗もせず、無事終わった。「最近練習していないので忘れていたよ」と恥ずかしそうに言った。「ううん、すごく上手だったよ」と皆が誉めた。お導師デビューだ。可愛い一休さん。きっとおじいちゃんも顔をほころばせ誉めてくれているよ。

中一の女の子もおじいちゃんが大好きだった。孫二人で敬老の日や誕生日には、いつもおじいちゃんの絵に言葉を添えて、病院の枕元に貼っていた。

夫がいない寂しさの中にも楽しい会食。新年の夜長であった。

小さい頃、おじいちゃんに遊んでもらったことを思い出しながら描いた画。
また一緒に遊びたい想いを込めて（智華3年生の時）

智華の手紙

あーちゃんへ

いつも
土、日に遊びにいって
つかれさせて
ごめんね

きようは
つかれさせないように
おさらあらい
せんたくもの

たたみ
がんばるよ
だいすき

智華より

（孫七歳）敬老の日、可愛い紙の箱の中に生花をたくさんかざり、便箋と同じ模様の紙で鶴を折って、手紙と一緒に箱に入れ手渡してくれた。

毛糸の袖なし

早朝の台所。ブルルと身がふるえる。「そうだ、あの袖なしを着よう」。早速、タンスの中から出す。薄藍色の毛糸の袖なし。母の形見だ。背中からフワーッと包み込むように暖かい。突然、私の中で母がよみがえってきた。

冬の深夜。「もう寝なさいよー」と言いながら、階段をトントン上がる音。あわてて本を伏せ、寝たふりをする。母はそっと足元の布団をおさえ、襟元を直す。静かに電気を消して、降りてゆく。

高校生の私は、幼い頃に返ったように、なにか甘酸っぱく母の温もりを感じていた。

来年は母の一三回忌である。

「母の日」の手紙

おかあさんありがとう

おかあさん
わたしは　おかあさんのいうことを
ぜったいまもって　いいこになります
べんきょうもたくさんします
ほんとうにありがとう
ながいきしてね

おかあさん
わたしたちのせわばかり

してもらって
なんでもいうことをきくから
ゆうえんちでも　つれていってね

おかあさんの　ひだから
おてがみかいたの
プレゼントも　あげる
いつまでも　げんきでね

おかあさん
わたしがおおきくなったら
どこへでも　つれていってあげるよ
おかあさん　だいすき　（智華のお母さん七歳の時）

がんばらなくていいよ

娘の手のひらに乗って
やってきた柴犬のコロちゃん
娘と二人（？）で
来る日も　来る日もお散歩
ダッシュ　ダッシュ
あっという間に
姿が見えなくなる

あれから二〇年
最近は目も見えない
耳も聞こえない

食事も食べない
受話器の向こうの
娘の励ましの声にも
反応しない
思い起こせば
家族の悲しい時、嬉しい時
そっと寄り添っていた
トントンと
膝をたたいて
自分の思いを知らせる
あなたは我が家の一員
感謝したいほどの長生き
手で水を含ませながら
涙のあとに

「もう頑張らなくていいよ
コロ」と
死期を思う

二〇〇六年

第七章　ご縁

言葉に託す想い

最後の手紙

見覚えのない差出人。娘さんとそのお子さんとの連名で、お母さまの病死を知らせる訃報（ふほう）であった。昨年の暮れに近親者のみで家族葬をされたという。

彼女は、私より一つ年下。いつも優しい笑顔で皆に慕われていた。服装も言葉もセンスのよさも身につけておられ素敵な方であった。

はじめに娘さんの言葉があった。「病室で残された時間があまりないことを知った母から、大切な友達に送ってほしいと預かった手紙です。しっかり者の母からの最期の願い」とあった。

「皆さまに感謝です。

そっと、いかせていただきます。私は皆さんに沢山の優しさなど教えていただき七六

女の
気持ち
毎日新聞
2021.2.23

歳まで生かされました。幸せな人生でした」

自分の死を逃げずに真正面から見つめて、周りの方々に「幸せな人生でした」と言葉を残し、自らの人生を穏やかに閉じられた。彼女の生き方は私の心に深く残った。もう一度逢いたい、話したい。

「母は最期の大変な中、わら半紙のような紙に、感謝の言葉を書きつづり、友達の名前を書き残していた」と娘さんは電話で話してくれた。会話中「母が亡くなって、今初めて笑いました」とも。

お孫さんは「祖母からこの手紙を出してほしいと頼まれました。明るく華やかで愛情深い祖母と過ごした日々は、かけがえのない思い出です」としのばれていた。

貴女のこと忘れないよ。

どのような死に方をしようが死の縁問わずです。コロナ禍の中、友とのお別れをこのような形にした彼女。葬儀は家族葬であった。連れ合い様も、四か月の入院中に二度しか彼女に会えなかったという。彼女は一般の患者であったが、病院という施設では仕方のない対処だったかもしれない。長年の夫婦がこのような別れ方をしなくてはいけなかったコロナウイルス。早く収束することを念願す。

心の便りに感謝

「金木犀の優しい香りが漂ってまいります。お元気でお過ごしでしょうか」と先日、彼女らしい言葉で始まる便りが届いた。彼女は、私がご夫婦とも親しくしてくださっている寺の坊守さまである。

「煩悩に目をさえぎられるくらいなら、まだまだましで、毎日煩悩の炎に身を焦がしております。イヤハヤ、毎日吠えてばかりおります。吠える原因をすべて住職に向けるから、あの方もタマッタモノデハナイみたいです。たまに一緒に吠えます。大合唱です。そういう時、この本を読むと、シューンと負け犬のごとくなります。キャイーン、キャイーンです」

お二人の顔が浮かんできた。思わず声を立てて笑ってしまった。私もよォーと、本を手に取りながら眺めた。

女の気持ち
毎日新聞
1998.11.18

『お庫裡さん奮闘記』（渡辺尚子著、法蔵館）、彼女にぴったりの題名であった。

「私というものがわかったようで、全然わかっていないから、頭の下がりようがない」と懺悔（ざんげ）する彼女。いえいえ、そこまで言える彼女に感謝する。

頭の下がらぬ者がここにも一人いる。

競争社会において、いつもゆったりと温かい心を持っている彼女は、私に自分の心を見つめさせてくださる。

澄み切った青空の下で、今日も坊守として忙しく頑張っておられるあなたの姿が浮かんでくる。

義父の写真

裏庭に出ると、風に乗って　金木犀の優しい香りが漂ってきた。とても暑かった夏を過ぎ、秋の気配を感じる日のことだった。

夕方、電話に出ると隣の市に住む、知らない男性からだ。「お宅に、戦争に行かれた清一さんという方がおられましたか」「私の義父です」

話は続いた。「お義父さんの写真が、山口市の徳地の三坂神社に奉納されています」と言われる。にわかには信じ難いことであった。義母からは何も聞いていない。

当時は出征（しゅっせい）兵士の無事を願って神社に写真を奉納したという。この方の手間を取っては申し訳ないので、早速、三坂神社に連絡をした。折り返し、丁寧な文章と一緒に和紙に包んだ義父の写真が届けられた。開けた途端、私の頬に涙が伝わった。すぐに義母や夫の遺影に、写真を掲げた。

女の
気持ち
毎日新聞
2020.11.16

「お義父さんが帰ってこられましたよ。お義父さん、貴方がとても心配されていた我が家ですよ。本当にご苦労様でした」。裏には義母の筆跡で住所氏名が記されていた。

義父は戦死されたが、その「いのち」は今我が家に戻られた。ルソン島からの手紙には、子どもたちの運動会や故郷の催しなどの一文もあった。

戦後七五年、長い間「いのち」を尊び、大切に保存してくださった宮司さま。関係者の方々に深く感謝である。現在も返還作業は続いている。

私の想いを超えた、とても有り難いご縁であった。

当時の世の中を反映した義母の心だったと思います。

戦後、亡き義父は、仏さまとなって家族のもとにすぐに還ってきておられます。いつも家族の心の中で生きています。しかし、義母の手によって奉納された写真が、今私の手にわたって、生前とても心配しておられた我が家に戻られた。これは物理的なことですが、やはり有り難く、とても深い御縁だったと思います。当時の義父に出遇えて、私も孫たちも嬉しかった。

当時、戦争へ、戦争へと向かった国の政策に、国民みんなが協力していった。また、協力せざるを得なかった世の中であったこと。その中で国のために自分の身をかけてまで戦い亡くなっていった兵隊さん。

宮司さまは、その心情を深く受け取られ、次の世にこのような戦争がないことを望まれたのだと思います。宮司さま自身、海軍兵学校に入学された。その年に敗戦になったとお宮関係の方から聞きました。

三坂神社

前略ご免ください　　　　　　　　　当三坂神社に奉納されています

貴　松岡　清一　殿のお写真をお手元にお返し致します。

このお写真には、大戦中御国のために、応召出征され「海征かば水づく屍　山征かば草むす屍・・・」決死の覚悟で　赤誠報告の真心を捧げられました当時の精神が漲っています。

また　武運長久祈願のため　悪路や遠路をものともせず足を運んで参拝し　奉納された肉親や身寄りの方の深い愛情のこもった写真でもあります。

♪如何にいます父母　恙なきや友垣

雨に風につけても　　思い出ずる（ふるさと）♪

いろいろな思い出が滲んでまいります。　次代の人たちに戦争のありようを伝える貴重な写真でもあると思います。大切にしたいものであります。

末筆ながら　貴台はじめ皆様のご安泰とご多幸を祈念申し上げまして　まずは

ご挨拶まで言上いたします。

令和二年九月十六日

延喜式内社　三坂神社宮司　　　佐伯治典

山口県　徳地　岸見　五五七番地

旧　佐波群　出雲村　岸見　樋の口

松岡未世子様

（著者、かな付け）

跡継ぎ

「昨年は寺のこと、私事にわたりいろいろと続きました。素晴らしい嫁が来てくれて、何の思い煩(わずら)うことなく跡がわりができました。

住職も老骨という言葉がぴったりとなり、私は足を引きづっておりますし、後はゆずるだけという感じです。ゆずる者のいるということに幸せを感じます」

今は雪が積もっているであろう彼の地を見上げながら「よかったですね」と私も心が温かくなる。今ゆっくりと読み返している。

花婿さんのしっかりした挨拶。傍でそっと控えておられる花嫁さん。新年を迎えられ、幸多かれと念じている。

はがき
随筆
毎日新聞
2001.1.18

初冬の日焼け

毎日、ガタゴト、ガタゴトの連続。二、三日もすると、その音に慣れてしまう。効率よく着々と進む道路工事。特殊機械が珍しく暇さえあればのぞいた。

孫が小さい時、「ユンボ、ユンボ」と言って離れなかったその心境のようだ。フッと気づくと、鏡の中の顔は夏よりもひどい日焼け。

あーあ。「あなたたちのお仕事は一人では出来ないけど、でき上がりは素晴らしい一つの商品ね」と言うと「はい、そうです」と、笑顔が返る。「職人だもん」と、誇りと自信にあふれたもう一人の声。

できたばかりの歩道を踏みしめながら、私まで温かくなる。

福祉体験

わが町で「ボランティアまつり」が開かれた。焼きそばにたい焼き、中学生のブラスバンドが心地よく聞こえる。広場はいっぱい。

私は福祉体験コーナー係。車いすと妊婦体験に小学生がたくさん来てくれた。病院で車いすだったという男の子や、試乗の子どもたちでにぎわう。

小学低学年の女の子が「赤ちゃん、こうして抱いて子守唄を歌ってあげるの？　私ずっと抱いていると重いの忘れていた」。両手で愛おしそうに抱く。模型の赤ちゃんに生命を吹き込んでくれた感動の一瞬。「きっと優しいお母さんになるよ」。

思わず私もウルルン。

はがき
随筆
毎日新聞
2012.10.18

医療療養病棟

この病院に通って、寒い冬を何度か迎えた。患者さんの、ほとんどがベッド生活か、車椅子（いす）である。食事やお風呂の介添えなど、日々忙しい看護師さんやヘルパーさんのご苦労を感じている。

ある日、廊下に掲げられた標語に思わず足が止まった。院長先生の、「『君の名は』やさしく問うて本人確認」。時代を取り入れた素敵な言葉だなと思った。介護ヘルパーさんの「笑顔は人を癒し、言葉は愛を感じる。医療・介護には　人が人を支える笑顔や言葉が一番大事！」。相手の人格を尊重し、現場で働く方だからこその言葉であろう。心にズンと響く温かい愛の言葉。

はがき随筆
毎日新聞
2018.2.17

第八章 平和

命の願い

私の原点

一九六五年（昭和四〇年）、緑豊かで自然が美しい盆地の街であるK町に嫁いできた。当時ガタゴト道を土埃（つちぼこり）を残しながらバスで一山超え、さらに田んぼの中をしばらく行くとやっと私を迎えてくださる戦死者遺児である夫の家があった。それまで町に住んでいた私は、慣れないことばかりであったが近所の人とは穏やかにつき合いをして子育てに明け暮れていた。初夏には蛙が鳴き、秋には稲穂が垂れ下がり、一面に黄金の絨毯（じゅうたん）が広がる町で周りはほとんど農家であつた。

幼年期に疎開の経験がある私は、田舎は嫌いではなかった。しかし、しばらく経って分かったことは、神道一色の田舎の因習の根深さ、これにはうんざりした。「これに従わない者は自治会から出て行ってくれ、また他からも自治会には入れない」とまで言われた。これはおかしい。私はここで自分の意志を通すことにした。一九九三年のことであった。風当たりは相当強かったが、これでは戦前の神国日本と変わらない。この闘争は一〇年間にもわたって続いた。自治会に毎年文章で問いかけていった。法務局の働きかけもあり、一〇年目に私の要望はやっとかない、前と現の自治会長二人の印鑑を押した政教分離の書類を私は自治会員に配布した。ついに憲法二十条の信教の自由と八十九条の自治会と宗教費の分離をした。そして私の宗教上の自由と尊厳を公に取り返した。かねてより町にも働きかけており、行政も同じ文を町全体に出してくれた。憲法はすべての国民に平等にあるもので、外圧で崩せるものではない。憲法は平和な時にしっかりと獲得しておくことの重要性を、私は感じた。

戦前、日本全体が神道に纏（まと）められ、このような雰囲気の中での戦争。公に否定できない戦争。素振りが少しでもあると社会主義者として政府は弾圧した。中には意志を通し命を失った人もいた。この輪の中に国民全員がいたのである。他の人の心の自由・人権を奪っているとも気づけず、この雰囲気を戦後ずっと引きずってきた人々。学徒出陣や特攻隊員。日本の未来を背負ってくださる優秀な若い人々が次々と命を失っていった。戦後、神国日本は解体され、個人の宗教の自由を憲法に謳った。宗教は個人のもので宗教団体への出入りも自由になった。

私の、この運動の一〇年間は、改めて戦争という根源を考える機縁にもなり、非戦への思いも強くなった。

義母は戦中戦後の苦労話をよくしてくれた。若かった私は同情しながらも、「それはお義母さんの人生でしょう」、私には、私の人生があると心のどこかで思っていた。でも、それは傲慢なことで、大きな間違いであったことに、私は気づいた。戦死された義父やその留守を護った義母の人生の上に私の歩みがあったのだ。義父は、命を懸けてまで非戦平和を後の世に、そして私たち家族に問いかけて下さっていたのである。

私にとって、夫とのご縁は「いのち」を深く見詰めさせて下さる有り難い御縁であった。

二〇二一年　四月

※私の自治会との一〇年間の歩みは、ノンフィクション作家・田中伸尚氏の『ドキュメント 憲法を奪回する人びと』（岩波書店）の中で詳しく書いてくださっています。（現在はインターネットで購入可）

孫の平和学習

『禎子の千羽鶴』（佐々木雅弘著／学研プラス刊）という本を抱えて小学六年生の孫娘が泊りに来た。夏休みに、家族で広島の平和記念公園に行った時にこの本を求めたという。原爆ドーム、原爆死没者慰霊碑や白血病で亡くなった佐々木禎子さんの銅像も自分で写真を撮っていた。

一瞬にして多数の市民を殺す核、原爆の恐ろしさや、後遺症で苦しむ人々の話など二人で話し合った。

我が家は戦死者遺族である。夫はおぼろげにしか父の顔を覚えていないという。私は今が時機到来と思い、孫に義父のことを話し、伝えようと思った。新聞や戦争の映像も時々見ている孫にきれいごとは言わず、ありのままを伝えようと思った。

「あなたのひいおじいちゃんは、戦地から家族を案じて便りをたくさん送っておられる。

フィリピンのルソン島でマラリアと負傷により動けなくなり、皆について行けずにそのままジャングルに残されたとひいおばあちゃんに聞いているよ」と話した。「誰も助けに来てくれず、食べ物もなく、次第に衰弱されたのでしょうね。さぞ心細く、幼い四人の子どもたちのことが気がかりだったでしょうに。でも、対戦国の人もひいおじいちゃんと同じ命、それぞれに家族があるのよ。皆を不幸にする戦争は絶対にしてはいけないよね」。

大きな瞳を瞬きもせず、じっと聞いていた孫のほっぺに大粒の涙がぽたぽたとながれ落ちた。

今、すっきりした様子で、禎子さんについて感想文を書いている。貴女が尊い涙をながしたことを、いつまでも忘れないでね。

深き願い

「思えば昔の楽しかったことや、子どもたちのことがいささか気にもかかる。俺の亡き後は、トモエよ、強く生きておくれ。絶対に無理はしてくれるな。お前もあまり強い体ではないように思うから。色々と考え思うとなんだか目がうるんでくるのだ。笑ってくれ、未練な男だ」。義父が外地に発つ直前、市中より投函した義母への手紙だ。

国民学校六年生を頭に四人の子どもたちにも連名で届いた。「お父さんは今から暑い暑い南の方に行くかもしれない。姉弟仲よくしておくれ。友達とケンカをしないでおくれ。みんなでお母さんを助けておくれよ。お父さんのお願いだ。お父さんに手紙をおくれ」

家族にも知らされず、着いた所はルソン島の激戦地。マラリアと負傷で動けずジャングルに取り残された。家族への惜別(せきべつ)の念と、一家の長として愛情いっぱいの言葉を残して三六歳の若き命であった。

女の
気持ち
毎日新聞
2020.8.14

戦後一年が過ぎ、義母は夫の消息の調査を毎日新聞社の抑留者調査部に頼んだが分からなかった。戦死公報が届いたのは戦後三年目だった。

振り返れば、義母の強さを身に染みて思う。戦後、理容師になって子どもたちを育てた。乳飲み子を抱え、昼は仕事、夜は子どもたちの衣類の繕い、お風呂に入るのはいつも深夜。体はずっと疲れていたという。

縁あって嫁いだ私のなすべきことは、義父の命の底の深き願いを受け止め、非戦平和を子や孫の世代に語り継ぐことである。

「勿忘　九・一八」

（旧満州・戦禍の跡をたずねて）

「勿忘　九・一八」、この言葉は今回中国東北地方（旧満州）を旅している間に何度か見た。愛新覚羅溥儀を皇帝とした、偽皇宮の前にも大きく刻まれていた。前・江沢民主席の筆跡であった。

この言葉に出会った時、一九三一年九月一八日の柳条湖事件を発端とする侵略国・日本に対する戦争への戒めと、多くの同胞を亡くした中国国民の心からの慟哭であろうと心痛く感じた。同時に私自身も、戦死者遺族の家に嫁いできたこともあって、何としても、戦争という人類最悪の地獄を起こしてはいけないと心に深く思ったことであった。戦争は加害者にもなり、被害者にもなるのである。

明治以降の日本は、富国強兵を目指して、神道を国教とし、天皇を万世一系の現人神

瀋陽・9・18事変記念碑

として、国民を天皇の赤子（せきし）とした。思想統制をして、天皇に命をささげることが最高の名誉であり、帝国臣民の生き方であると、疑うことさえ許さないように国民を教育していった。

この結果、すべての国民が自分の意志を言うことも問うこともなく、「いや！」といわれない戦争に駆り出されていったのであった。

旅順の二〇三高地、乃木希典（まれすけ）とロシアのステッセルが戦争終結に向けて話し合ったところ水師営会見所、ほんとうに粗末な茅葺きの長屋の上に、今は草がぼうぼうであった。（何度か屋根は葺（ふ）き替えられた）しかし、それ以降の日本の歴史の出発点はここにあった。一九三二年、日本は傀儡（かいらい）国家・満州国を建国した。皇宮が、どんなに豪華な建物や内装であっても、私には虚しく感じられた。

その年の九月、撫順（ぶじゅん）の炭鉱で平頂山（へいちょうざん）事件が起きた。中国人を酷使して、質の良い石炭を搾取（さくしゅ）した。結果、暴動が起きたのであった。抗日分子をかくまったという疑いで、地元の民間人三〇〇〇人を一同に集め機関銃掃射をあびせ、女も子どもも生存者は銃剣で突き殺した。後日、虐殺の事実を隠蔽（いんぺい）するために石油を撒（ま）いて焼却し、ダイナマイトで崖を爆破して死体を埋めた。

平頂山殉難同胞遺骨館（じゅんなんどうほういこつかん）には、掘り起こされた遺骨が八〇〇体（中国ガイド説明）も川をなして散らばっていた。灯油を入れたブリキ缶や、焦げた薪（たきぎ）もそのままであった。こんなにもの遺骨を一度に見たのは初めてであった。しかし、これは遺骨の一部であった。この光景が目に飛び込んできた時、私の胸はふるえ思わず涙があふれてきた。何と戦争とは愚（おろ）かしいものかと。人間はここまで残虐になれるものかと。それもほんの七〇年あまり前に同じ日本人のしたことである。親子であろうか、夫婦であろうか、子ども同士であろうか、抱き合い寄り添う遺骨に何度も出会った。ここの館の方の許しを得て、私たちはお経（重誓偈（じゅうせいげ））を唱和した。その間中、私の頬には涙がながれ通しであった。日本からの団体の折り鶴もささげてあった。館を出た時ガイドさんの顔を正視できなかった。私も辛かったが、本当は中国の人々の方がなお辛いのである。この度の旅行は、戦禍の跡の現実を学び謝罪と追悼という大きな目的があったので、ここも避けては通れない跡地であった。

ハルビンの七三一細菌部隊の跡地も資料館として保存してあった。ここも証拠隠蔽（しょうこいんぺい）のため敗戦直前に日本軍が爆破していた。わずかに本部の一部とボイラー室の煙突が二本残っていた。現在までに地下施設など二〇数箇所の跡地が発見されているという。実は、この部隊の存在は知っていたが、中国の各地で実際にいろいろな細菌爆弾を投下してばら撒き、多くの方が苦しみながら死んでいったことを、二、三年前に私は知ったのであった。この時も胸をドンと突かれた衝撃であった。「マルタ＝丸太」と呼ばれ、推定三〇〇〇人の人が実験台にさせられ尊い生命を奪われていった。細菌の生体実験をし、生きたまま解剖させられた人もいたという。今なお、中国の各地で旧日本軍の毒薬弾が見つかっている。敷地内の外庭で、幼い子どもを連れた親子であろうか散策していた。

７３１部隊　煙突が２本残るだけ

老人がのんびりと凧揚げをしておられた。

言葉を奪い、文化を奪い、思想の自由を許さず、他国民に日本の神社に無理やり参拝させていった。そして天皇に向かって最敬礼をさせたのであった。戦中生まれの私にとって、現実に当時を知る由もないが、こうして現地を訪れてみて、戦争は絶対にしてはいけないということを深く感じた。戦争は人間を狂気に陥れる。どんなに正当化しても戦争はいけない。正義のための戦争はありえない。まして聖戦などありえない。

この旅のもう一つの目的は友好であった。過去は取り返しがつかないが、知らなければいけない。現在を生きる私たちに今何ができるか。

いや、何をすべきか。それぞれが、何らかの方法で発信していく大切さを感じている。

しかし、戦後中国の愛国心教育の弊害(へいがい)が、この夏の重慶のサッカー場で、日本人排斥となって現われたと報道された。国や人種、そして、文化や思想を超えたところで、一人の人間として相手を尊重しつつ、真摯に付き合うべく努力をすることの大切さを感じている。愛国心とは強制して真に受け取れるものではなく、この国に生まれてよかったと私自身が受け取れる時、自然と私の中に湧いてくるのではないだろうか。


今回、中国のガイドさんと接して、私たちとなんら変わらない感情を持ち、日本人との友好、平和を望んでおられることが分かった。民間交流でもいい、理解し合ってゆきたいと心から思った。「平和はなるものではない。平和はそこにあるものでもない。黙っていてはやって来ない。平和は私たち一人ひとりがつくっていくものである」(山口大学・纐纈厚(こうけつあつし)教授の言葉より)。世界大戦という人類未曾有の苦しみを味わったのも束の間、世界中が戦争やテロに明け暮れている。

お釈迦さまは『兵戈無用(ひょうがむよう)』(軍隊も武器もいらない)の世界を説かれた。これは決して理想ではなく、現実の世界にしなくてはいけないとつくづく感じた。

戦争は、命の差別から来る行為であり、加害者自身も自らの命を否定する行為である。一つしかない地球、一つしかない私の命・あなたの命、大事にしたい。

「勿　忘」、この言葉を大切に、半世紀自衛隊を海外に派遣しなかった憲法九条を大切に、和解と共生を目指し、平和に関する活動をしていきたいと思っている私である。（二〇〇四年九月記）

この旅行記を書いてすでに何年か経ちました。今では、多くの人が反対した安保法制、集団的自衛権、そして共謀罪など法案が次々と通り、自衛隊も海外に出て行っています。でも、日本は戦争ができる国に絶対になってはいけないのです。また、かつてのように国民の心を縛っていく国になってもいけないのです。

二〇二一年四月

※柳条湖事件——一九三一年、今の中国東北部の瀋陽で、当時日本の関東軍が南満州鉄道の柳条湖付近で爆破した。それを中国側の行為とした。満州を占領するために関東軍自らが起こした事件であった。中国との一五年戦争の始まりであった。

※傀儡国家――形式的には独立しているが、実質的には植民地同様の地位にある。占領下にある国家に植民地支配や侵略、占領をカムフラージュするために樹立される国家のこと。

知覧への旅

初秋の知覧（ちらん）（現・鹿児島県南九州市の町）は、まだ真っ白い雲が浮かぶ夏空であった。昼間はカッと皮膚を刺すような陽射しだ。デイゴの花の赤色が南国を思わせる。知覧のこの地から、かけがえのない若き青春の命を失っていった方々の万感の思いが残る知覧特高平和祈念館を訪れた。

当時の、特攻隊員の遺書や遺品が並ぶ館内。亡くなった人々の顔写真が並ぶコーナーもあった。二〇歳前後のりりしい顔、顔、顔。出撃前日に過ごす三角屋根の狭い室内は、粗末な布団と折り鶴があっただけ。出撃直前の隊員たちの顔は、自分の死さえも超越しているかのように朗らかな笑顔だった。しかし、小さな子犬に全員が注目し、愛おしそうに笑顔で抱く写真の前で、私の足は止まった。

それは、青春真っ只中の彼らが自らの生命を断ち切らざるを得ない時、一輪の花にも小さな命にも、生あるものすべてへの愛情と惜別ではなかったろうか。その笑顔とは反対に戦争という人間の罪業(ざいごう)に、何とも言えないほどの虚しさが私を襲(おそ)ってきた。

あんまり緑が美しい
今日これから　死に行くことすら
忘れてしまいそうだ
真っ青な空　ぽかんと浮かぶ白い雲
六月の知覧は　もうセミの声がして
夏を思わせる
小鳥の声が楽しそう
「俺も今度は　小鳥になるよ」
陽のあたる草の上に　ねころんで
○○がこんなことを言っている
　（出撃の日の遺言書より抜粋）

夫の父はフィリピンで戦死した。幼子四人を残して三六歳の若さであった。開聞岳や、噴煙を上げる桜島を後にしつつ、若き命に合掌し、平和を心から念願せずにはおれない私であった。

二〇〇五年十月

窓辺

二〇〇〇年の初春、孫たちも帰りひっそりとした台所の窓辺に立つ。

ここは私の一番好きな場所である。軒下からの広い中窓は、四季折々の風景を映し出してくれる。

この正月は、冬とは思えないほど暖かく、窓いっぱいに広がる青空に真っ白い雲が浮かんだ。遠くに野山を眺め、近くには椿の垣根。背丈より高い木蓮の木々。コブシの蕾も春をじっと待っている。

今年は義母のいないお正月で寂しかった。結婚して以来初めてである。心臓病を患い五、六年前から入退院を繰り返している。暮れから急に食欲がなく点滴の毎日である。その義母といろいろ語り合ったのも、この台所である。

義母は夫を外地（ルソン島に）に送り出した、四人の子供の母であった。窓辺に色とりどりの緑が眩しく萌える六月、義母は語った。

「今日か明日か、確かな当てはなかったが、とにかく門司の岸壁に子どもを連れて、出征する夫に逢いに行った。岸壁は一筋の道を開けて何千の兵隊さんだった。これで夫を探すのは至難の技。意を決しその道を子どもの手を引いて歩きはじめた。その時、憲兵がやってきて、『ここはお前らの来る所ではない！』と怒鳴られた。訳を話すと見過ごしてくれた。夫は見つけてくれた。これが最後の別れとなった……」その日は義父の祥月命日であった。

義母は後に、手記の中で「岸壁の方から一人の兵隊が走ってくるのが見えました。それが主人だったのです。その時の嬉しかったこと、一生忘れることはできません。主人が友達を呼びに行き、嬉しい対面となったのです。子どもたちを中心に話は尽きませんが、限られたわずかな時間、名残りを惜しみつつ、主人たちは手を振りながら艦へ戻っていきました。これが私たちの最後の別れとなったのです」と述べている。

その時もまだ、どうやら南方に行くらしいということだけでどこに行くのかも分からなかった。暫く経って、フィリピンから葉書が来て初めて分かった。こちらから手紙を出しても届いているようでもなかったとも言っていた。今、病床にある小さな義母の姿の中に、私には想像もつかない苦労があったことを思う。

この年の三月、義母は子や孫に看取られて、八八歳の人生を閉じた。

二〇〇〇年十月

廃墟に立つ国民

日本が第二次世界大戦敗戦後、今年で七六年目になります。日本も当時、官民合わせて三一〇万人という犠牲者が出ました。

戦争によって当時の日本は、「出征」されたお父さん、お兄さん、それに原子爆弾投下や焼夷弾(しょういだん)で街を焼かれて、大勢の国民が苦しみたくさん亡くなりました。家族を亡くし一人になった子どもたちもたくさんいました。

今、焼け野原のその場に、たった一人であなたが佇(たたず)んでいたら、あなたは、どんな思いを持つことでしょう。

廃墟(はいきょ)同然の、その後の日本を復興させたのは、後に残った人たちが一生懸命に働いて、今の日本を取り戻してくださったのです。

戦争で荒れた世界各国も二度とこのような悲しい戦争が、起こらないようにと誓い復興に励みました。しかし、今世界はまた不安な雰囲気で一杯です。私たちの気持ちを二度と戦争に向かわせないように、いつも自分の心と向かい合って過ごしていきたいものです。

二〇二一年八月

戦禍の跡をたずねて

（いのちをみつめて）

今回の旅の空路中継地、タイの首都バンコクまで後三〇分。眼下は整然と整備された広大な穀倉地帯が続く。さすが、世界一の米の輸出国である。都市のど真中にある空港に降り、ここでカンボジアの首都プノンペン行きに乗り換える。正午福岡空港を発って、プノンペンに着いた時、あたりは薄暗くなっていた。翌朝、プノンペン市内を見学した。独特の屋根をもつ建築の王宮や舞踊殿。カンボジアの人々は、昔から蛇を水の精として崇めて来たからであろうか、由緒ある建物や寺院には、蛇を形どったものが屋根や欄干に多く見られた。朝の托鉢に向かう修業僧。道の両側のアパートや店々。市民の足である早朝のバイク出勤の様子を少し見た。再びプノンペン空港から褐色に濁ったメコン河、トンレサップ湖、海と間違うほど大きい大湖を下に見て、シェムリアップへ。

出迎えてくださったのは、現地在住一年半という若い日本人女性のガイドさんだった。この町はまだまだ復興中だったが、緑の多い穏やかな雰囲気がした。通りの両側は南国の花々が赤、白、黄と色とりどりに咲いていた。外国資本の大型ホテルの建設ラッシュだった。この度、私たちの通った道はほんの一部で、表通りであった。取り立てて、戦争の跡は見えなかった。しかし、カンボジアの市民市場では地雷で足や手を失った人をたくさん見かけた。バスの中で待っていると、向こうから義足をつけた、兵服のような揃いの服を着た二人がやってきて、バスの戸を激しく叩かれる。ガイドさんは、振り向いた途端、「怖い！」と言って背を向けた。その人の眼は私も今まで見たこともないような、とても鋭く冷たく、戦場の今を抜けてきたような眼だった。ガイドさんが次の瞬間、クルリと振り向いて、笑顔でニコッと笑いかけた。するとその男性もやっと笑顔が出た。笑顔は万国共通の言葉であった。やはり、この人たちも物乞いであった。遺蹟に向かうジャングルの小道に、テントを張り、もの哀しい旋律の音楽を奏でている人たちがあった。よくよく見ると、手、足、目、と皆どこかを失っておられた。内乱続きだったこの国はまだまだ貧しい。しかし、市場は活気に溢れていた。商品もたくさんあった。女性たちの商売も逞（たくま）しかった。「結構です。ノー」と言うと「では、あなたはいくらでほしい？」

と問いかけてくる。嬉しいやり取りである。ただ、電力不足からか電気をとても大切に使っておられた。客がいなくなると、陳列ケースの電気は切っていた。日本での贅沢が恥かしかった。この国では、大学を出た学校の先生の月給が三〇ドル。警官が二〇ドルということであった。後はアルバイトで生活費を補っているという。上流家庭の子どもたちだけが通うという学校もあった。貧富の差が激しいようだ。

ポル・ポト派の極端な共産主義政権の四年間で、当時全人口六〇〇万人のうち、虐殺や過酷な環境による労働死、また衰弱死や餓死を含む一五〇万人の人々が亡くなったという。ワット・トメイの供養塔では、ガラス張りの中に、犠牲者の頭蓋骨が無造作に積み重ねてあった。この地も、集団虐殺の場所という。一番先に殺されたのは、弁護士や医

ワット・トメイの供養塔

者、僧侶、教師、技術者などの知識人。それに実業家も資本主義とみなされた。王宮の踊り子さんもその対象にされたという。ガラスの中の頭蓋骨は、この目で何を見て、この耳で何を聞き、そして何を思って死んでいったのか。この方たちの「いのち」が響いてくるような気がした。参加者全員で手を合わせ、お念仏を称えた。

カンボジアは一九四五年の世界大戦終結後も、大国の野望によるインドシナ戦争へと巻き込まれていく。その結果、民族間の政権争いと動乱の日々が続いた。

王宮広場では、朝の托鉢に向かう修業僧の姿を見かけた。ここは上座部仏教である。したがって、厳しい戒律を守っておられる。国民の九〇パーセント以上が仏教徒だそうだ。貧富の差もあるし、まだまだ政情も不安定ではあるが、今の穏やかさがずっと続きますようにと念じた。

ベトナムの歴史も他国の占領や侵略の連続であるが、特に私の記憶に深く残っているのは、アメリカ軍によるベトナム戦争（一九六〇～七五）である。南部のクチでは七万人の内、三万人が亡くなったという。地上に大量の枯れ葉剤を撒かれたクチの人々は地下に住居を移した。全長二〇〇キロメートル以上もあるという迷路のトンネル。その中

クチ　地下住居の入り口

で二万人の人々が暮らしたという。トンネルの入口は、アメリカ兵が通れないようにと、ほんとうに小さくしてあった。トンネルの中は念のために、落し穴を作ったりして敵の侵入に備え、炊事の煙も分からないように段階的に外に出す工夫がしてあった。戦後、ようやく育ち始めてきた熱帯雨林の山中を歩き、そのトンネルの入り口に行った（一〇年経過後も不毛地帯もあるという）。木々の背丈は皆同じである。その中に突然現われた政府軍戦車の銃口。同じベトナム人同士これで何人殺したのか。虚しさが残る。現地のガイドさんから「くれぐれも、道を外れないように、小用にとちょっと藪に入らないでください。地雷がありますよ」と厳重に注意をされた。これは、カンボジアでも同じであった。

一人がやっと入れるほどの狭くてまっ暗なトンネルの中を、腰を曲げて澱んだ空気の中、ほんの数一〇メートルを私も歩いてみた。早く外に出たい、そんな思いがした。汗が体中に吹き出していた。しかし、当時の人たちは死と隣り合わせの日々である。この中で子どもを産み、育て、炊事をして生活をした。学校や病院まであったという。地下三階（最深部では八～一〇メートル）まであり、もちろん軍の司令部室もあったという。明日をも知れぬ命を思い、それでも逞しく生き続けたクチの人々。それに子どもたち。せつないものが込みあげてくる。当時は、大国同士の冷戦時代であった。国民の思想も二分されたのかも知れない。しかし、私には、自分たちの土地を守るという当時の人々の執念が感じられた。想像を絶する精神力である。

ホーチミン市の戦争証跡博物館は、正常な精神で見ることはできなかった。しかし、しっかりと心に留めておかなければと避けずに見た。米軍の戦闘機やヘリコプター。それに戦車。巨大な威力の地震爆弾は、一撃で直径一〇〇メートル以内を焼き尽くし、三・二キロメートル範囲以内を振動させるという。また、一発で五〇〇メートル以内の酸素を消滅させる凄惨な爆弾類。体内に入るとレントゲンにも写らないというボール爆

戦争証跡博物館
陸・空の当時のアメリカ軍の先端攻撃機がずらりと並ぶ。

弾。人が丸焦げになるナパーム弾と、数多くの爆弾類が陳列してあった。所狭しと銃器類もたくさんあった。体をバラバラにされ、頭が垂れ下った服を無造作に片手で持つ米兵。首をはね、その胴体と一緒に写る米兵たち。

一つの村を焼き尽くす米兵の様子。解放軍の捕虜の頭をめがけて、発射寸前の銃口を突きつけている政府の高官。首を数珠つなぎにされ、手を後ろに縛られた解放軍を、銃を突きつけ歩かせている政府軍。いずれも同じベトナム人同士である。子どもも女性も、一般人がゴミのように捨てられ重なりあって死んでいる。人間性を完全に失わせるものばかりであった。

別棟に、当時の監獄が再現され、そこには米兵による拷問の絵図があった。その道具は眼をそむける物ばかりであった。ペンチで爪を全部はぎ取られ苦しむ女性。また、一人の女性を米兵何人かで押さえつけ、毒蛇に噛(か)ませるという絵図。金棒に足首をクサリで固定された人。その他……。また、多くの命を奪ったギロチンも本物であった。頭と胴体を別々に入れる箱もあった。どす黒く汚れた木の箱であった。すべてが運ぶのに効率よく作ってあった。アメリカ軍はこのギロチンを車に乗せて移動したという。抵抗するベトナム人に対して日常的にやっていたそうである。戦争は人間の精神を麻痺させてしまう。どんな残虐なことでも、人間はこの場でやってしまうようだ。辛かったが現実を心に受け止めた。

その中でも、非常に心が痛んだのは、枯れ葉剤散布の影響により、次の世代にまでも遺伝子に奇形という影響を及ぼし、恵まれた生命を生きられないことである。ホルマリンに漬けられた胎児が何体かあった。脳がない胎児、顔と胸がくっついた胎児。目や耳がなかったり、と、生まれてもすぐに亡くなるそうである。ベトちゃんドクちゃんのような多体児の写真もあった。このような赤ちゃんが、当時は想像を絶するほど多かったそうである。今でもその影響は続いているという。この赤ちゃんたちは、枯れ葉剤により、生まれてくることも否定された人々である。誰に、この子たちの「いのち」を奪う権利があるのだろうか。しばし、言葉が出てこない私であった。

アメリカ軍は、南ベトナム全土に大量の枯れ葉剤を何度も何度も飛行機で散布した。そして、人も動物も血を吐いて死んだ。草も木も、すべてが命を奪われた荒涼たる死の世界である。霧のようなものを撒かれて数日後、夜中に木々がミリミリ、バサーン、トーンと倒れていったという。生き残った人々は、その土を耕し食物を作り食べた。そして、汚染された水を飲み、木を燃やした。直接被害に遭わなくても、体内に毒を取り込んでしまった人も多いそうだ。ダイオキシンは、人類にとって最強の猛毒で、一兆分の一グラムでも人体に影響があるという。これを枯れ葉剤に高濃度でまぜ（四トントラックに満載二三〇〇〇台）、一〇年間にわたって地上に散布したという。南ベトナムの森林の六〇パーセントを破壊し、マングローブの森も破壊した。そんなに恐ろしい毒剤とは、ベトナムの人々は知らなかったのである。枯れ葉剤は、地球の自然を破壊し、生態系を壊（こわ）してしまった。この影響は、戦後帰還したアメリカ兵とその家族にも出ていた。為政者の思惑で国民はいつも惑わされる。米兵もこの戦争で、五八〇〇〇人以上が死んでいる。この米兵たちもアメリカという大国（自国）の犠牲にされたのかもしれない。ベトナム人がアメリカ本土に攻めに行ったのではないのである。

アメリカ軍は、第二次世界大戦で使用した量の七倍もの爆弾をベトナムに投下したという（戦争証跡博物館）。アフガニスタンでも、同じ爆弾、いやそれ以上の新型爆弾を使用している。ここでも多くの人々が殺されている。私は、かつての日本軍の行為を報道や体験者から知った。あの当時、今のアメリカと同じ戦力や化学兵器を日本が持っていたなら……と、想像するとゾーッとする。立場を替えれば、毒剤を撒くという同じことを、あるいはしていたかも知れないのである。日本軍にも、七三一部隊という生体実験をした部隊があった。実験台にさせられた捕虜の人々は「マルタ＝丸太」と呼ばれたという。アンコール・ワットで見た「天国と地獄」の絵図を思い出した。生きていること自体、他を殺さずには生きられない地獄を生きているのに、人間が人間を殺し合う。何ともやり切れない、心の底からどうしようもない深い虚しさを感じた。私も縁に触れれば何をするか分からないものを持っている。しかし、私はこの時、人間でありたくなかった。「私を人間の枠からはずしてー」と心の中で叫んでいた。悲しいけれど地獄絵図は、私たち人間の生き様そのものであったことを感じさせられた。また、同じ国民同士がイデオロギーの違いで殺し合い、猜疑心の固まりで、罪のない人まで殺し合った結果である。

私には痛みがあった。ベトナムの歴史に、日本人が関わったという事実が有ったからである。ベトナムを統一したホーチミンは、第二次世界大戦後の独立宣言で、日本軍の食物の搾取によって、二〇〇万人のベトナム人が餓死したと述べている。また、ベトナム戦争では、沖縄はじめ日本の米軍基地は、物資補給や戦闘機の発進基地となった。弾薬から軍需用品。ラーメン、トイレットペーパーまであらゆるものを送ったという。戦争反対を叫ぶ国民の声とは反対にベトナム特需によって日本経済は成長を続けた。原爆の痛みも知っているはずの日本なのに、二度もベトナムの人たちに戦争という悲劇を与えてしまったのだ。平和や正義、また自由の名においてのテロや戦争は、本来、絶対に有り得ないと私は思っている。でも、いつもこの理由で戦争が始まる。しかし、人類最悪の地獄である戦争も人間に賜った素晴らしい智慧をもって避けられると、私は信じている。地球上のどの国に生まれても、生まれた命の重さは、誰一人として違う者はいないのである。命を差別していくのは、すべて、自己（国家）中心の人間の物差しである。今一度、自分自身の心の中を視つめ返す大切さを感じた。あなたも私と同じ命ですねぇ、という頷き、一人ひとりの中からこの視点が欠けると、私たち人間は戦争という悲惨な地獄を自らが作っていくことになる。

私は最近、少し心配をしている。日本も敗戦後、平和憲法ができたにもかかわらず、今また、危険な道を歩もうとしている。たとえ自衛のためだといっても、戦争へと続く道の有事法制が通り発動すれば、戦前に戻り、私たちの生活は著しく制限をされ、否応なしに戦争に協力することになる。拒否すれば国民の義務として罰則があり、非国民になる。戦禍の跡を訪ねたこの旅の間、このことは頭から離れなかった。平和を愛し主義主張を超えて、戦争なんかしたくないと叫んでも、国の命令でその場に立たされるとしたら、こんな理不尽なことはない。仮に世情を反映して、「鬼畜米英」と義父の口から出ていたとしても、四人の幼子を置いて、はるか遠い外地に、自己の命を懸けてまで決して行きたくはなかったはずである。心の底の本当の命の願いは平和をこよなく願っておられたと思っている。その心を、私はいただいていきたいと思う。義父はフィリピンで戦死をしておられる。私は、子どもも孫たちも戦争には行かせたくない。地球のどの場所からも、私の夫のように、戦争で父を亡くす家庭を出してはいけないし、世界の子どもたちから笑顔を奪ってもいけないのである。戦争は人間が起こすものである。だったら戦争を起こさないようにすることも人間はできるのである。しかし、血を血で応酬する争いが世界の各地で起こっている。今、私たちに問われているのは、観念的な傍観ではなく、一人ひとりの意識の変革ではないだろうか。戦争に繋がる少しの芽も、私にできる事から、非暴力で世の中に訴えていくべきではないだろうか。お釈迦さまは「いのち」において平等を説かれた。

フランス風の建築が残るホーチミンの大通りは、緑の並木道である。地上二メートルほどもある大きな木々が通りに木陰を作っている。どこまで行ってもバイクの洪水であった。大通りは行き交うバイク、車、人でごった返しである。交通規則なし、危ない！でもこれで信号機をたくさんつけると、かえって大渋滞だなと思った。事故を何度か見たが、しかし、人々は活き活きしていた。ここも外国資本の大型ホテルが次々と建設されている。そして、この国を訪れる人も多い。

眼下に広がる、夜の灯りのホーチミンは美しかった。飛行機の中からエネルギッシュなこの国に「さようなら、いつまでも幸せに……」と小さく手を振った。

カンボジアもベトナムも、緑の豊かな国である。南国の明るい太陽を一杯にあびて咲く熱帯の花々。深紅の火焔樹(かえんじゅ)やブーゲンビレア。そして、真っ白い花の咲く、ブッダ・ツリー（アルメリア）のよく似合う国である。いつまでも、いつまでも、この緑の絶えることなく、平和な国であってほしいと念じている。

二〇〇二年六月

この二〇年の間に、ベトナムもカンボジアも大きく発展した。特にベトナムは戦後すぐにドイモイ政策（資本主義経済）を取ったためか人々は活気に満ちていた。テレビで観る両国は街並みに大きなビルが立ち並ぶ。かつての姿はもう見つからない。しかしこの地で何百万という命が失われたことを私たちは忘れてはいけない。（二〇二二年）

（本文中、戦争証跡博物館資料を参考）

老院様ありがとう

七月、宇佐の寺の温かい雰囲気のお葬式に参列した。亡き老院様は九九歳と一〇五日。旧満州国境への出兵や過酷なシベリア抑留の体験者。

過去はあまり話されなかったが、九五歳の時、意を決したように毎日新聞の「こどもたちに語る戦争」のシリーズで、戦争の悲惨さを何回か話された。サブタイトルは、「兵隊になったおぼうさん」。

日本に原爆が落とされた八月九日、ソ連軍は日ソ不可侵条約を破り自分たちの陣地、ハイラルに攻撃をした。あたりは大音響と共に空は一面真っ黒に見えた。陣地には大砲が雨のように撃ち込まれ、逃げ場がなく地下に造った砦に隠れた。日本の敗戦を知ったのは八月一五日を何日か過ぎてからであった。

投降するため白旗を持って陣地を下りている途中、ソ連軍に攻撃されたあの夜、立場上、自分が手投げ弾一個と拳銃を持たせ、みんなに突撃を命じた。その部下の若い兵隊が、あおむけになって死んでいた。この時の衝撃！

当時の先生は、心から日本のためにと戦われたのです。

「私はお坊さんなのに仏さまを裏切り人殺しの手伝いをしたのです。その罪は償（つぐな）えません」とおっしゃる。罪は償えないけれど、の思いをずっと持ち続けられた。極寒のシベリア、餓え。そして、ナホトカでは共産思想を教え込まれた。

重い口を開かれたのは、「自衛隊が外国の戦場でも他の国の軍隊を支援できる法律ができたりして戦争のにおいが強くなったと感じるからです。人を殺さないつもりでも誤りが起きるのが戦場です。戦場に立派な死などありません」と、子どもたちに解りやすく話されている。私は孫と一緒にこのシリーズを読み、いろいろと共有しました。

二〇一九年八月

子どもたちに語り継ごう

今、コロナ禍で何もできない現状がありますが、世の中の動きはどんどんと進んでいます。

毎年、お盆前後は非戦のために、戦争の番組が毎日のようにテレビ放映されます。最近は取材もままならず、なのでしょうか、年が明けても、再放映がされていました。戦中、京都大学の物理学者、荒勝文策を中心に、日本の若き物理学者の頭脳を集めた原子爆弾の研究の様子でした。観ていて恐ろしく、何とも言えない不安な気持ちになってしまいました。もっと早く研究が進んでいたらと思うと、ぞっとします。人間は、「窮鼠猫を噛む」、で折りに触れれば何でもしでかすものを持っているようです。

戦後七六年、現在は戦争を知らない世代が多くなってきました。戦後の混乱期も貧しさも知りません。ましてや、国会議員の一部でしょうが、あの規律のなさ、一部でしょうが、このような人たちに国の将来を任せられるでしょうか？　先行き不安を抱くのは私だけでしょうか？　本当に国民の幸せを考えられる人が国会議員になるべきです。

政府は今先手の防衛をするという。そうだ、そうだと賛成者もいることでしょう。しかし、あまり仲がよいとは言えない隣家が、武器をためこんでいるそうな。いつ襲いかかってくるかもしれない。私の家も家族がいるので隣よりも一段上の武器を持っていよう。そこには何が残るでしょうか。やるか、やられるか、争いしか残りません。武器を持つということは相手を殺すということです。飛んできたミサイルを打ち落とすと政府はいいますが、それだけではすみません。その次は相手の反撃です。戦争です。殺し合いです。

最近あるテレビで、「憲法を改正して自衛隊の位置づけをせよ。軍事費を増やせ、ミサイルにかかる費用などがいる、迎撃ミサイルで専守防衛に備えよう、東シナ海の中国の違反には日米同盟を結んでいるので軍事力で戦え、日本は危ない」と、観ている視聴者に危機感をあおり、今にも戦争が始まるような言い方をしている声が聞こえてきました。

私は思う。焼け野原になったかつての敗戦の日本の様子。二度と戦争はしないと誓った八月一五日。決して忘れてはいけない。どれだけの戦死者を世界中に、日本中に出したことか。戦死者や家族の「痛み」を知らなければいけない。かつての戦争もイケイケドンドンで始めたことを。いったん争いになれば、人間性を失うのが戦争です。「あの時は仕方がなかった」で戦争をはじめてはいけないのです。

世の中変わっても、戦争は絶対にしてはいけない。なぜその反対の理論を、戦争にならない話し合いの方に切り替え、努力と勢力を使わないのか？……と。

今年の五月の半ば、宗教の違いや土地の奪い合いで、イスラエルとパレスチナはまたミサイルの打ち合いをしました。イスラエルの迎撃はまるでゲームのようでした。しかしその下では敵味方なく、無差別に人が死んでいきました。この人たちが、もしあなたの家族であったら、あなたはどんな思いを持つことでしょう。この争いが無かったら、この子は死ななくてすんだと慟哭(どうこく)の思いを持つことでしょう。この心を大切に、双方平和への話し合いをしていくことの大切さを思います。人を殺すことのみを平和（？）への解決にしてはいけないと思います。

双方憎しみの連鎖をやめないと子や孫の代、いや、何百年も殺し合いを続けるようになります。

ミャンマーも、今年の二月以来ずっと民主化を訴える市民が、弾圧をする政府軍に殺されています。軍は、民主化を求めて抵抗するデモ隊に無差別に発砲し、毎日のように子どもまで亡くなっています。家族を殺され、残った家族は生活を一変させられます。どこの国も政府間で叡智をもって、積極的に話し合うことを望みます。日本もかつてのように、他国に侵略し二度と戦争をしてはいけない。また戦争の渦に巻きこまれてもいけないし、他国を巻き込んでもいけない。日本政府もあらゆる努力で、この争いをやめるように訴えていってほしいと思います。

アフガニスタンもやっと民主政権になろうとしたのに、この八月イスラム原理主義者のタリバンが政権を取りました。内戦など成り行きがとても心配です。市民を弾圧しないでほしいと誰もが思っていることでしょう。

今では私を含めて、戦争をこの身に受けていない若い人たちが大多数です。勿論、我が孫もですが、ゲームに夢中になっている子どもたち。先端技術も身につけなければいけない時代ですが、それと同時に、かつての戦争の無残な様子や、「あなたは、あなたに代わる命などない。尊い命なのよ」と、一人ひとりの命の大切さを家族で語り合うことも大切だと思っています。世界中の親がこのことを子どもたちに語れば少しは世の中も違うのにと思います。気づいた人が語り継ぎましょう。感受性の強い子どもの時からだと思います。

私は孫とよく話し合いをします。義父がフィリピンで戦死されたこと。その後の家族のこと、原爆投下の犠牲者のことなど、(日本も核兵器禁止条約に早く名を連ねてほしい。政府は子どもたちの未来を閉じてはいけない) そして一緒にホロコーストや、当時の世の中の様子のテレビ放映など観ます。

三年前、六年生の夏休みに、孫娘は両親と広島の原爆資料館に行きました。『禎子の千羽鶴』の本を買ってきて感想文を書きました。その中で、

・戦争は絶対にしてはいけない
・人はどんなときにも思いやりの心を持ち続けること
・当たり前の毎日を大切にすること

を挙げています。そして終わりに、「禎子さんは、やってみたいこと、食べたいもの、

行きたい所、たくさんあったはずです。でもそれができないまま私と同じ十二歳で亡くなってしまいました。戦争は絶対にしてはいけないと思いました。私もこれからたくさんの人と出会うと思います。誰にでも思いやりの心を持ち続けることができたらいいです。そして、一日一日がとても価値のあるものだと思い、限りある時間を、限りある命を大切にしてゆきたいです」と綴っていました。

まず、戦争を知らない若い人たちに、そして子どもたちに語りましょう。語らないと伝わりません。

二〇二一年九月一日

※ホロコースト＝ヒットラーが率いるナチス政権とその協力者による、約六〇〇万人のユダヤ人への組織的、官僚的、国家的な虐殺を意味します。

戦争と疎開

山陽本線で、本州の最も西の駅である下関。源平合戦のあった所である。

一一八五年、源氏と平家が戦った関門海峡。流れの速い早鞆（はやとも）の瀬戸の海上ではたくさんの小舟が二手に分かれて戦った。勝利を挙げた源頼朝。貴族政治から武家政治へ変わった機縁でもあった。

二位の尼に抱かれ海に沈んだ安徳天皇。壇ノ浦の赤間神宮に安徳天皇は祭られた。当時、平家の女官たちは天皇をしのび神宮にお参りした。毎年五月の先帝祭には、着飾った花魁（おいらん）や女官に扮したきらびやかな行列が市内の目抜き通りを歩き神宮にお参りする。全国からの観光客も多い。

また、宮本武蔵と佐々木小次郎が決闘をした有名な巌流島、そして高杉晋作が兵をあげたのもここ下関である。下関は歴史の街でもある。私は、周りがぐるりと海の、江の浦で生を享(う)けた。ここに、父が勤めていた会社があったからだ。

その頃の日本は、第二次世界大戦の最中であった。「日本中から、何万もの兵隊さんがフィリピンやインドネシア方面に出征して行った」と、私は後で知った。国内は食糧難で、日々食べ物にも事欠いていたそうだ。「あなたは、重湯と配給の粉ミルクで育ったのよ」と、いつも母から聞かされていた。

私の一家は、食料を求め、また焼夷弾(しょういだん)や爆弾を避けて、父の里を頼り山奥の田舎に疎開した。それまで造船会社に勤めていた父は、五、六反の田んぼを借りて母と一緒ににわか百姓をした。収穫したモミ袋一杯を前にして、父が「ちょっと向こう端を抱えて」と母に言った。母が腕に力を入れて、「よいしょ」と抱えると、父は「それしか力が出ないか。仕方がないのぉ」と言って、あきれて笑っていた。私は幼いながらも、この光景を今でもはっきりと覚えている。母にとっても、農業は初めての経験であった。

五人兄妹の、私は三女。その頃は何も分からず、案外気楽な日々であったと思う。しかし、両親がいる時は別だが、時に学校から帰ると、その日の食べ米を、姉と一緒にダイガラ突きをして白米にしておくこと。山からの小川の水を風呂桶に汲むことは、子どもたちの仕事であった。力のない私は「お姉ちゃん、もう少し力をいれてよぉ」と、いつも言っていた。

就学前の私は、姉たちが学校に行っている間は、いつも両親の傍で遊んだ。畔道（あぜみち）には石の仏さまがあった。ここを通る時、私はいつも手を合わせていた。畔道には野リンドウの紫や川原ナデシコの可憐な花が咲き、早春は土筆（つくし）もたくさん出た。またカボチャの黄色い花の大きいこと。茄子（なす）の澄んだ紫花。キュウリやジャガイモの花も、ここで初めて見たのである。朝顔の花は、いろいろな花を絞って色とりどりのジュースに見立てた。庭に筵（むしろ）を敷き、妹たちと「ままごと遊び」をした。もちろんお母さん役は私である。時には男の子も仲間入りしていた。

一人息子の兄は、その頃高校生。家の前の川でフナ釣りに夢中だった。金銭的には貧しかったが、私の心は豊かだった。疎開中、水を張った田んぼの中にも入った。ヌルっとする泥水の中、母の横で定規の端に陣取り、四か所ずつ稲苗を植えた。ヒルにも噛（か）まれたこともあった。疲れてくると「寒い」、「頭が痛い」と言った。母はちゃんとお見通しで「上がっていいよ」といつも言ってくれた。田んぼに水を入れる水引の小さな溝で、妹と向かい合って逃げるドンコをキャッキャッ言いながら追った。遊ぶことには事欠かない田舎生活であった。

夏には、父も一緒に川で泳いだ。「お父さんの背中に乗って」と、私を大きな背中に乗せて、親亀子亀のようにスイスイと泳いだ。

ここでの生活は、私に自然の豊かさと四季の移ろいの美しさ、そして何よりも心の豊かさを与えてくれた。でも両親は、戦後それなりの苦労もしていたようだ。

数年間ではあったが、ここで幼少期を過ごしたことは、私の人生の原点になった。戦争によってもたらされたことではあったが、私には懐かしい故郷でもある。

一家は隣町に引っ越し、私はこの町の高校を卒業した。春には、カラタチの白い花が、校門までの小さな坂道一杯に咲いていた。朝の登校時は、先生も生徒も足早に「おはようございます」と、声をかけ合いながら通った道。私は結婚してからも、白い花の咲くこの道が懐かしく、時々思い出していた。ラジオやテレビから、『からたち日記』の歌声が聞こえてくると、今でも、つい耳を傾けて一緒にハミングしてしまう。

私はとても本の好きな子であった。この原点も疎開していた小学校にあった。四年生の時の若い先生、私の大好きなお姉さんのような人であった。時々、放課後に本を読んでくれた。先生の机の周りには、いつも五、六人の生徒が輪になっていた。私もその中の一人だった。つるべ落としの秋。その頃になると、あっという間に日が暮れる。学校を出る時は明るいが、一里（四キロ）もある道を家に着く頃はいつも暗くなっていた。山の傍の道ばかり、走ったり歩いたり、誰か後ろにいないかと、振り返り、振り返り、幼い私も内心怖かったことを覚えている。家に近づくにつれホッとするが、今度は「今日も父から怒られるかなぁ」と、思いながら「ただいま」と戸を開けると、案の定、「こんなに暗くならない前に帰りなさい。いつも言っているだろう」と、父からの一喝。「はい」と返事はするが、これの繰り返しだった。

両親に心配をかけていたのだなと、親になって思った。それにしても、怖い道より、本の魅力の方が勝っていたあの頃。この時の体験がなかったら、私は本の本当の面白さ、魅力を今まで知らないままで過ごしてきたであろう。本は、私の人生にとって、視野を広げてくれたり、知識を与えてくれたりと、人生の友となっていった。

幼い時、ちょっとした図書環境を持てたことが、私の人生には有り難かったと思う。

二〇二一年五月

一九四五（昭和二〇）年敗戦の年、六月、七月にかけてアメリカ軍の猛攻撃で、下関市街地は焼夷弾でほぼ焼き尽くされ壊滅的破壊を受けた。中国地方では広島に次ぐ戦災であった。
また関門海峡付近には、五〇〇〇個近くの機雷を投下した。これは日本全体のほぼ半分の数であった。5000トンから10000トン級の大型船が一五七隻、また5000トン以下の二〇〇隻以上が被害を受けた。この海峡から食料や軍需用備品が入ってくることを防ぐことが目的であったようだ。（総務省の下関戦災の様子及び下関市史より抜粋）

※焼夷弾――爆弾の一種で、中に原油や重油を主原料とした油が入っており地面に落ちると周り一面を焼き尽くす。アメリカ軍が開発し、木造の日本家屋を焼き尽くすのに都合のよい爆弾であった。当然人もたくさん死んだ。
※機雷――海底や海中に設置され、それに気づかずに運行した船舶が触雷したり、また遠隔感知して爆発、撃沈させる水中兵器。

第九章　病気

病を経て

がんばられんね

「お母さぁーん……」
なんとも　異常な声がした
仕事の手を休めて　飛んでいく
額に汗びっしょりの
おばあちゃんが横たわっている
「おばあちゃんどうしたの……」
「胸が苦しい……」

ピーポー　ピーポー
救急車の中で
酸素吸入をしながら
近くの病院に行く

診察室に入るなり　集中治療
気になる私は　時々のぞく
息のできない　苦しさに耐えている
焦点の合わない虚ろな目
何か言葉をかけてあげたくなった
「おばあちゃん　ここは病院だから
もう大丈夫だからね」
声が出せないまま
すがりつくような　おばあちゃんの顔
しばらくして　先生から呼ばれた
「心不全です　肺の方に血液がたまり
心臓喘息（ぜんそく）を起こしています
今夜か明日か　やまばでしょう」

遠くにいる　夫の兄妹に

電話をかける
ひとまず　治療が終わり
三階の集中治療室に移される
酸素吸入の力を借りながら
苦しそうな
大きな息をする
顔は血の気が失せ
手も足も　段々冷たくなっていく
自然と発する　うめき声
実母よりも長く暮らした　義母
これが
別れなのだろうかと思った

夫と私
ベッドの傍に

佇む
突然のこの事態
夫も　びっくりしたことでしょう
朝は　いつものように起き
昼は　二人で蒸し芋を食べた
今は
生死をさまよっている
命のはかなさを　感じてしまう
もう一度元気になって……
そんな思いで　じっと見つめていた
ながーい　夜
深夜　当直の先生が来られた
看護師さんに指示をして
注射を打ってくださった

少しずつ　少しずつ
尿が出てきた
「もう　がんばられん
がん　ば　ら　れぇん……」
全身の力を振りしぼって
あえぎ　あえぎ　の中から
ちいさな声でつぶやく
「頑張られんね　きついね」
「うん……」
かすかに　うなずく
「頑張られんね」
「うん」
何度
繰り返しただろう
苦しさにベッドから

頭が落ちるほどに動いていた
しばらくすると　少し呼吸が落ち着いた
尿が出ている
助かったかなぁと　思った
少しずつ　意識がはっきりしてくる
「先生は……何とおっしゃった」
おばあちゃんの中に
生への強い意欲を感じた
頑張られん私なのに
頑張ってくださったこの体
私も一緒に
ただ　有り難うを言う

ゴメンナサイネ

入れ歯を治療中の
おばあちゃん
下歯がないので刻み食
食欲がないと訴える
好きな物をと　看護師さん
早速　お魚屋さんで
お刺身を刻んでもらう
「おいしい　おいしい」
久しぶりに　箸が進む
おばあちゃんの　血となり肉となり
おばあちゃん自身に　なっていってくださる

お魚さん
ありがとう
ゴメンナサイネ

医学の力

「おばあちゃん　命拾いをしたねぇ
私の思った治療が
ぴったり
おばあちゃんに効いてくれた」
医学の力は凄い
それに　耐えてくれた体も凄い

本当に
誰もの思いを超えての生命
私の自由にならない
私として生命

生命ある限り
その日が来るまで
私も生かさせていただこう

痛み

思い出しても
もう
二度と経験したくない
あの　猛烈な痛み
あれから　二回目の
春がやってくる

五月三日
最近　じわじわと
傷んでいた腰
この日　頂点に達してしまった
いつもと違う　只事ではない

動けなくなってしまった
夕方救急病院に行く
「今日は休日で　検査ができない
とりあえず
痛みをとる点滴をしましょう」
これで楽になる　そう思った
ところが　痛みはますますひどくなる
そのうち　そのうち
そう思って耐えた
ところが　思いとは反対に
ものすごい激痛がやってくる
もう腰どころではない
悪い方の足は　勝手にタンタンと動く
全身に回る神経の痛み　うずき
それでも点滴が終わるまで　頑張った

パッと　ベッドを降りた途端
「看護師さん……」と言ったまま
身動きできなくなってしまった
どうにかして　ベッドに上がろうとしたが
体が動かない
床に横になろうとしたが
体が動かない
立ったまま　どうすることもできない
看護師さんと先生が来てくださる
やっと二人で　抱え上げてくださる
私の痛みは　極限に達していた
一寸も動かれない
だんだん
息が苦しくなる
目がまわってくる

手の先から血の気が引き
しびれてくる
時々　気が遠くなっていく
自分の身が　どんどん下に落ちていく
「僕が手を握っているから　大丈夫よ」
先生は　そう言って下さった
でも　全然　大丈夫でない私があった
二度目の点滴は　途中でやめた
院長先生は
「これだけの痛みは　只事ではないよ
連休明けによく検査をしなくては」
しばらく　しばらくして
少し　落ち着いた
夫と看護師さんの　介添えで
ようやくベッドから降りる

何度
気を失いかけたことか
お産の時よりも　苦しい
初めて
自分で耐えられない
痛みがあることを知った
でも
有り難いことに
私の意志とは関係なく
堪えてくださった　この体
ただ　感謝するばかり

現実

連休明けまで
ひとまず
座薬の痛め止めをいただく
やっとのことで
車に乗せてもらった
家に着き
夫の手を借りて　降りようとした
ところが
足に力が入らない
そのまま地面に
へなへなと
座り込んでしまった

夫に抱えられ
そのまま家に
二人とも安心して　手を放した
とたんに
前にバサッと
倒れてしまった
足首を
グキッと捻挫をしてしまった
信じられない出来事

うつら　うつらの
一晩が明けた
ふっと
気が付くと
右足が　しびれている

手で触っても　感覚がない
うそ　うそ
嘘でしょう
もう一度　触ってみる
やはり　感覚がない
心にズシーンと　何か重いものを感じた
立ってみようとしたが
体が動かない
涙が出てくる
あふれてくる

夫が
朝食を運んできてくれる
でも
言えない

気を紛らわすために
テレビをつけて貰った
時々　見ている
『親の目・子の目』
浄土真宗　雪山隆弘ご住職の
癌で亡くなられた
闘病生活を放映していた

泣いても
笑っても
叫んでも
悔やんでも
変わらない現実、
目の前の事実
今ある自分を

しっかり受け取って生きる
あと
残された命を
感謝をもって生きる
今
自分にできることは……
次から次に
私に　問わせてくださった
聞法の中の　お言葉が
にわかに
聞こえてきた

このまま
動けないかも知れない
あるいは

車いすかも知れない
でも
私にはまだ動く両手がある
しびれていない　左足がある
耳も聞こえる
目も見える
話すこともできる
食事もできる
不自由なのは　右足だけ
とたんに　気持ちが
スゥーッと　楽になった

「お父さん
おばあちゃんにも　迷惑を
かけるかもしれない

仕事もできないかも知れないけど
よろしくね」
素直に言えた

現実を受け取ってゆくことは
時として　とても辛いこと
でも
そこから力強く
生きていく勇気と
喜びが　湧いてくる

生きるということ

痛い
背中が痛い
いつの間にか
呼び鈴を押していた
「目がさめた……　苦しいですか」
看護師さんが来られた
「これ　除けてくださいませんか」
「これは傷口が直接触らないために
置いてあるのよ　だから除けられないのよ」
なんと　左右二本の棒布団の上に
寝かされていた

朝まで何度も
看護師さんが来てくださった

会社の昼休みを利用して
夫が来る
「手術は成功だそうだよ
これが骨を削った軟骨だ」
そう言って　小さな小瓶を見せた
液につかった
ピンクの奇麗な粒
サンゴのようだ
これが
私を　こんなに苦しめた正体かと
つくづく眺めた

点滴と痛み止めの毎日
話をすることも
きつくて　うっとうしく
うつら　うつら　の数日が
過ぎていった

生きる
ということは
しんどいことでもある

年を取るということ

毎日病院に通っているうち
周りが見えてきた

脳梗塞のおばあちゃん
片手で　何かを
いつも掴(つか)もうとされる
誰が来ても　分からない
看護師さんが　食べさせてあげている

座って一人で食事をされる　おばあちゃん
どこが悪いのかな

「看護師さん　オシッコがしたい」
「そう　ポータブルに座ろうね
あら……　おばあちゃん　もう出ているよ」
おしめを　はずしながら
看護師さんは言う
「もう　出ているの……　分からなかった
情けないねぇー」
ぽろぽろ涙を出して　泣くおばあちゃん
「おばあちゃん　そんなに泣いたらいけん
年を取ったら誰でも　そうなるんじゃあけぇ」
看護師さんが去った後も
おばあちゃんは　一人で泣いていた

自分でどうにもならない　自分の身体

おばあちゃんの気持ちが
分かるような気がした
年を取っていくということは
時には
こういうことなのだろう
看護師さんの言葉が
身にしみる

使命感

「おはようございます」
にこやかな
看護師さんの笑顔
この笑顔にどれだけ
心が安まったことか
手術後
初めてお通じのあった時
「これが無かったらどうするの
よかったねぇ」と笑顔
ごめんなさい
心のなかで手を合わせてしまう

看護師という　仕事としての使命感
それ以上に
私の心に何かを感じさせてくださる
看護師さん
有り難うございます

退院

「先生
私はあの方と同じ
手術を受けたのに
どうして　こんなに
治りが遅いのでしょう
どうして　こんなに
痛いのでしょう
あの方は
もう元気に
歩いていらっしゃる」
「病名は同じ椎間板ヘルニアでも

症状は　一人ずつ皆違う
痛いところも違う
症状の出方や　軽い　重いもある
同じ痛さでも　人によって
痛さを感じる度合いが違う
人と比較することはできません
あなたは　あなたの病状です
あまり思いつめないで
気持ちをゆったり持って
治ってゆくのを待ちましょう」

直ぐに
人と比較をしたがる私
自分の体験で　語ってしまう私

先生
ありがとうございます

第十章 日常

今日を生きる

智恵くらべ

ある朝、台所の窓から庭を眺めていた。すると、家の陰から黒いものがトコトコと地面を歩いて鉢に近づく。カラスだ。三つの鉢を次々と回ってトマトの赤い実だけを食べている。「とうとう見つけた。犯人は貴方だったの！」。帰りは羽を広げて満足そうに急上昇。この間二分。ここ数日は毎日の訪問だったようだ。

早速対策をパソコンで調べる。カラスはとても頭のいい鳥で状況を判断してすぐ見破ってしまうという。私なりの対策もしていたのに。これからはカラスと私の智恵くらべだ。でも、私の方が負けそう。「時々ならあなたに譲(ゆず)るよ」。

はがき随筆
毎日新聞
2018.7.6

二つの命

いつの間にここに！

庭の飛び石の傍に鹿の子百合が芽を出していた。あっという間に力強く伸びてきた。次女が幼稚園の時、自分の背丈ほどもある百合の花を抱えて帰った。額に汗を流しながら、「お母さん、お花好きでしょう。これおうちで植えてね」と言った。「じゃあ、二人で植えようね」と庭に植えた。

ここ数年咲かなかった。造成して居場所も分からなかったのに、ちゃんとそこに芽を出した。貴女も、あと数日でお母さん。今年は、貴女の「いのち」がもう一つ育っているよ。

二つの命よ、元気に、元気に、育ってね。

ラストチャンス

結婚して間もなく、夫が韓国に旅をした。お土産は、きれいなチマチョゴリの韓国人形であった。

その時から、一度着てみたい夢の衣装になった。一〇年前、今度は私がインドに行った。これほど色彩の調和がとれた衣装があったのかと、サリーの美しさに思わず感嘆した。そして今年、ベトナムのアオザイのお嬢さんと出会った。これまたスリムで清楚な優雅さに、うっとりした。

しかし、未だにどれ一つ私の願いはかなっていない。来年は還暦。あと五キロやせて、どれか一つ着てみたい。

ばっちり写真で残すラストチャンスだから。

はがき随筆
毎日新聞
2002.12.14

寝言

ウトウトしはじめる私の睡眠を破って、話し出す。「いやぁ、最近は寝言でペラペラ話すらしいですよ。年を取ってしもうてぇ」。「エ、エッ、それってぇ……」と私。思わず体を半分起こし、夫の顔をみた。すやすやと眠っている。「寝言の連発じゃねえ」の、先日の私の一言が効いている。寝言を気にして、また寝言。思わず吹き出しそうになったが、ちょっと心が痛く、気の毒になった。せいぜい、昼間は楽しいことを話そう。

夫も今年は還暦。寝ている時ぐらい楽しい夢をと願うのは、長年夫婦をやってきたせいかしら。

はがき随筆
毎日新聞
2000.5.30

勘違い

寒い朝。病院に行く車中で娘と話す。「ねぇ、ねぇ。近頃時計をセットしてもあまり当てにならないのよ。今日もリンが遠くに聞こえてひと頃のように飛び起きる気がしないのよ」フウーンと娘が言う。なおも私、「もうあの時計も古くてガタが来たかも。買い換えなければ」

すると娘が突然「アッハハ、お母さん」と笑い出した。途端に私も気がついた。近頃ちょっと聞きづらい。

「古くなったり、ガタが来たりしたのはお母さんの方だったねぇ。自分のことは本当に見えてないねぇ」と娘と大笑い。ごめん、時計さん。

小休止

「今日は、草取りと庭の手入れね」と、朝から逃げ腰の夫に先制攻撃をかける。覚悟を決めたらしく、午前中は二人でひと汗。一度にしたら、後にこたえるよ。と一声かけ、午後はさっさとどこかへお出かけ。「それってなんなの。優しさのつもり?」。ブツブツと、独り言の私。

猫の額ほどの庭。二階まで届くモクレンに椿の垣根。シャクナゲ、雪ヤナギ、山吹などなど。越冬越しの蕾となって、もう来春の息吹。

丸刈り虎刈り、身動きもせず文句も言わず。

晩秋の空を見上げて、心もしばし小休止。

はがき随筆
毎日新聞
1998.11.14

はからい

諸々の
無償(むしょう)の命
この言葉の響き
なんと
優しく
美しくきれいなのでしょう

ある時
何度も　何度も
くり返して　言ってみた
心臓がドキッとするほど
ハッとした

今まで
何ともなく使っていた
この言葉

「無償の命」
私の思いで
勝手に決めつけていました
自分中心の
傲慢な私がありました

私の思いを
はるかに超えた
真実の
御命
そのものでした

輝く命

いつも
自分の方が
正しいと思っている
何度
同じことを繰り返したら
気がすむのだろう
性懲りもない私

自分が
正しいと思ったら
耳が聞こえなくなり
目が見えなくなる

心も一緒に閉ざされる
それでも　それでも
我を通そうとする　私
もがき苦しみ
身の出場がない
やっとの末に
如来さま
「肩の力を抜きなさい」

あなたにも
耳があり
目があり
心があることを
忘れていました
自分中心の

傲慢な私
一人で
きりきり舞いをしている私
思い通りにしようとする私
あなたのお陰で
気づかせていただきました

あなたも
あなたも
あなたにも
あなたらしい
輝きが
ありました

私の心

私の好きな人
いつも私の方を
向いてくれる人
優しさを
たくさん　たくさん
与えてくださる

私の嫌いな人
意地悪したり
人を見下す人
私の心を

深く　深く
視つめさせてくださる
ほんとうの優しさかもしれない

好きな人　嫌いな人
みんな　私の心
時々
好きな人が　嫌いになったり
嫌いな人が　好きになったり
私の心も
ころころ
揺れ動く

「障害者」という言葉

「障害者」
最近　私の中で
考えさせられる言葉である

確かに
体のどこかに不自由さがあると
健康な人と比べて
何らかの差が出てくることがある
その差は
はたして
障害なのだろうか

お医者さんが言われた
「何をもって　障害というのか」
私たちは
姿や　見かけで
障(さわ)りがあり　害がある者
そう呼んでいないだろうか

差は差として
お互いに　認めていく
そこに
両者の心に通じる
人間としての
いたわりと感謝が
生まれてくるのではないだろうか

差を認めることは
差別ではないと思う

障害と「障害者」
差と差別
考えていきたい
言葉である

春のおとずれ

春はすべてのものが
光り輝き息吹くとき
でも
私の心は何だかおもい
時として　そしてものういとき
やわらかな陽射しの中で
とおく　とおくを想う
そのとき
私を呼ぶ声が聞こえる
真如の優しい風がほほえんで

やわらかく　やわらかく
頬を撫ぜる
木々のささやき　小鳥のさえずり
一輪の野の花に生命あることを
知りました
そして
私の手の届かない
大きな　大きな世界のあることを
そして　私が
今ここに居ることの素晴らしさを
知りました
あなたも　私と同じ生命
過去があり未来があり
そして今日がある

今を生きよ　今を生きよと
呼びかける声
その声に呼び覚まされ　励まされ
今　一歩を踏み出す
あぶなかしい一歩だけど
確かな　確かな手応えのある一歩
もう　独りではない

私たちは、希望をもって、夢をもって、いつも未来に向かって生きている。朝陽は昇るし日は沈む。確かに未来は来る。しかし、時として私にとっての未来、「生命」の保証は確約されていない。そのことを思う時、今、今、今の、今日一日を大切に、生かされていることに「ありがとう」と感謝をもって過ごしたい。

「いのちの繋がり」

今　私はここにいる
不思議な　不思議ないのちを賜り
気づいてみれば　ここにいる

ただ、なんとなく過ごしていた私
いのちの存在　その価値さえ知らなかった
ある時　仏さまより教わった
生命誕生より
一つのいのちの繋がりだったことを
他のいのちに支えられていたことを

ああ、なんと有り難い　私のいのち
私のいのちであって　私のものでない
この地球で誕生した　有ること難きいのち
誰に代わることもできない　私の存在
素晴しい尊厳をもって誕生した私
嬉しさと歓びが　体の中をかけめぐる
愛おしさが　込み上げる
誰もが　誰もが　尊い誕生をした
草も木も　動物も
それぞれに　役目をもって誕生した
認めていきたい　その存在を

あなたが爆弾に撃たれ　血を流すとき
私の心も　傷つき　悲しい

あなたが嬉しいとき　私も嬉しい
皮膚の色が違っても　思想が違っても
地球のどこで生まれても
いのちの重さは　変わらない
楽しいときは　楽しさを分けあおう
苦しいときは　苦しさを分けあおう
悲しいときは　悲しさを分けあおう

なんと嬉しいことよ
なんと素晴しいことよ
一つのいのちの繋がりをもった私たち
あなたも私も　みんな兄弟姉妹
私と同じいのち　あなたと同じいのち
みんな　みんな　生きている

無量寿のいのちに目覚めよう

二〇〇九年

あとがき

最近また、世界のあちこちの国でミサイルが飛び交うようになり、暴力や争いが絶えません。

とても不安な世界情勢になってきました。日本は二度と、先の大戦のように戦ってはいけない。政府は憲法改定をして、自衛隊をより海外に出兵しやすくしようとしています。これだけではすみません。日本にはアメリカの基地があり、いや応なしに争いに引き込まれてしまいます。家族を亡くし、焼け野原になった日本。戦後、「日本は二度と戦争をしない」と国民が誓ったあの精神を、後の世の私たちは今思い出し受け継いでいくべきです。この本が、読者の方たちとご一緒に、「真の平和」を考えていく一考になれば幸いです。

今までに、同人誌などに書いていた文の中からも、加筆してここに入れています。

私の稚拙文ではありますが、今ここにいる幸せを有り難く受け取らせていただき、「いのちと非戦平和」を宗教・宗派を越えて共に考えていきたい、そんな思いがしております。

中学生の方々を対象とした読者の方向けに、所どころ仮名付けをしております。

この本の制作・出版に携わって下さった幻冬舎の皆さまに、厚く御礼を申し上げます。

二〇二一年　九月一五日

松岡末世子

毎日新聞『はがき随筆』『女の気持ち』に掲載されたものを
一部改稿・加筆しております。

〈著者紹介〉

松岡未世子（まつおか みよこ）

1943年　山口県下関市で生まれる。

1962年　山口県立厚狭高等学校卒業

1992年　本願寺派・中央仏教学院通信教育部・専修課程卒業。

寺の仏教婦人会や、日校や寺報づくりに長年関わる。

地域の民生委員や「いきいきサロン」の代表として福祉関係に携わる。

著書：『神様さようなら』探究社出版、2003年、国家神道・習俗・俗信を問う書籍。

共著：『世の中安穏なれ』山口教区発行、2005年、住職・門徒、数人の共書。

JASRAC出　2107742-101

輝（かがや）き

語（かた）り繋（つな）がれるいのち

2021年12月16日　第1刷発行

著　者　　松岡未世子
発行人　　久保田貴幸

発行元　　株式会社 幻冬舎メディアコンサルティング
〒151-0051　東京都渋谷区千駄ヶ谷4-9-7
電話　03-5411-6440（編集）

発売元　　株式会社 幻冬舎
〒151-0051　東京都渋谷区千駄ヶ谷4-9-7
電話　03-5411-6222（営業）

印刷・製本　中央精版印刷株式会社
装　　丁　株式会社 幻冬舎デザインプロ

検印廃止

Printed in Japan
ISBN 978-4-344-93731-4 C0095
幻冬舎メディアコンサルティングＨＰ
http://www.gentosha-mc.com/